KB120669

오르골 정원

시작시인선 0278 오르골 정원

1판 1쇄 펴낸날 2018년 11월 28일
지은이 김명원
펴낸이 이재무
책임편집 박은정
편집디자인 민성돈, 장덕진
펴낸곳 (주)천년의시작
등록번호 제301-2012-033호
등록일자 2006년 1월 10일
주소 (03132) 서울시 종로구 삼일대로32길 36 운현신화타워 502호
전화 02-723-8668
팩스 02-723-8630
홈페이지 www.poempoem.com
이메일 poemsijak@hanmail.net

ⓒ김명원, 2018, printed in Seoul, Korea

ISBN 978-89-6021-403-3 04810
    978-89-6021-069-1 04810(세트)

값 9,000원

＊본 사업은 대전문화재단 으로부터 사업비 일부를 지원받았습니다.

오르골 정원

김명원

천년의
시작

시인의 말

안녕, 내 사랑

부러진 노을 깃털로 날아올라
찬연하게 서녘이 되는 내 사랑

밤 깊은 이역만리 타국에서 부르다 만 후렴구로
끝끝내 남는 내 사랑

동짓달 새벽, 물끄러미 창문에 와 서있는
반쪽 얼굴 하현달 내 사랑

배고파, 추워, 안아줘, 칭얼대는 내 사랑

맨발 들꽃으로 비 맞는 내 사랑

오늘도 안녕,
수시로 안부를 물어야 하는
내 사랑, 내 시여!

차 례

시인의 말

제1부 오르골이 있는 풍경

제3부 작별의 숲

제4부 시詩, 그 서늘한 계절

시인의 산문

제1부 오르골이 있는 풍경

첫사랑

그가 평생 가꾼 황무지를 알고 있다
자신이 살아온 세월보다 황량하고
자신이 죽을 세상보다 몇 배나 황막한
넓디넓은 정적으로 견뎌온 땅

가끔은 그가 벼랑 톱 바위에서 초승달이 뜨길 기다려
무른 정신을 달빛에다 예리한 뿔로 갈았다거나
독한 냉기가 광기로 변하는 겨울바람 속에서
제 목을 치는 노래로 밤의 끝까지 가 닿아 슬펐다거나
그리움의 바깥쪽을 닳도록 매만지다 병이 깊었다는
소문들만 붉은 모래 갈기에 점점이 묻혔을 뿐

버려진 허공들을 주워 모아 사람들은 수거를 하고
끝내 잊히지 않을 몇 개 추억들이 삽화로 그려진
밀서의 파본을 폐기하다가 그의 행방을 두려워하며
철새가 날아가는 방향을 목도할 때

오래 어두워 세운 그 황무지를 찾고 찾았던 나는
고독이 삼켜버린 그의 몸에 다녀온 꿈을 꾸었다

폭설이 퍼부었다

오르골 1

그림자는 늘 누워있죠, 일으켜 세우려 할 때마다 바람은 무겁죠, 겹겹이 어둠은 흘러 쌓이는데, 쌓여서 고요히 소리 무덤을 붕긋 세우는데, 최면술을 달여 마신 보름달은 붉죠, 추위에 딱딱해진 달빛이 조금씩 풀어지면 가 닿는 곳은 추억의 산간 마을, 가파른 유년, 입구에는 눈동자 커다란 정자가 서있고, 상처를 티 내는 느티나무 가지 끝에선 잠자던 먹구름이 뭉텅 딸려오죠

어쭙잖은 현기증도 함께 오죠, 불안, 한, 가, 요, 과거가 생생하게 몸부림치듯 일어서려 할 때마다, 근육질의 파도 물결로 불끈 일어서 한 다리로 온 생을 버티고 있을 때마다, 가벼워지는 것이 힘들기도 하겠죠, 혼곤한 무게로 지탱해 온 시간의 후면에는, 내가 내가 아닌 듯, 그래요, 꽃을 든 환영의 사람이 살아나죠, 밤새 쓴 목격담의 시 속에, 시어詩語들이 수백 수천 치어가 되어 날아가는 동안, 나는 사라지죠, 없는 내가 떠난 후, 길쭉이 남은 야윈 그림자가 비로소 서서 노래가 되죠

어쩜 내일 또 이렇게 숨바꼭질, 숨바, 꼭, 질, 되감기 될까요, 되겠지요, 감아놓은 슬픔은 음계를 잃어버리고 쩔쩔

매며 그림자 근처를 헤맬 테죠, 나는 어디 있나요, 꽃을 딴 환영의 사람이 살찌는 동안 나는 다시 사라지고, 내 그림자는 태엽에 감긴 채 쪼그라들겠죠. 주름 흔적만 지평선으로 우두커니, 홀로 남겠죠

오르골 2
―시인적的

    제가 누추하도록 반복하는 말은 시가 아닙니다. 시 이전의 무릇 말 더듬, 눌 언어 이전의 하 몸짓, 낮은 몸짓 이전의 도드라진 한숨, 사막 한숨 이전의 그 그 그 목울대 힘줄, 더듬거리는 나의 주저는, 그 그래요, 아셨겠지만 노래도 아닙니다

    노래도 아닙니다. 당신을 끝내 그리다 조각난 호흡, 당신을 애걸하다 해진 손금, 당신의 부재를 헤아린 발자국들, 빗줄기만 무성한 녹슨 창틀, 문틈에 끼어있는 고양이 꼬리털, 회랑을 건너가는 나무 그림자, 긴 건기의 날들, 잔기침, 그리고 잘디잔 우울들뿐입니다

      어둠을 베어 먹은 초승달이 다시 어둠을 뱉어놓은 보름이 되어도
      메밀꽃 지천이던 소금 들판이 다시 가을로 화들짝 피어나도

      그래요, 그 밤은 되풀이 될 수 없습니다.
      되풀이 되는 것은 그 밤을 못내 기억하는 중얼거림뿐.

그 밤만을 제외한 그 밤 이후를
끝내 투정하는 몸부림만이

언제나 시작이고 항상 끝이 날 뿐입니다

오르골 3
—백석

　왜 그대의 당나귀는 응앙응앙 울었을까요? 하얀 눈이 푹푹 내리고 있는데, 기꺼이 묻히고 싶은 하얀 눈보다 더 하얀 나타샤는 푹푹푹 내 몸에 내려 쌓이는데, 우리의 찬란한 타나토스 3막, 주검을 데리고 가줄 검은 당나귀는 왜 하필 응앙응앙 울었을까요? 가령 응아응아, 라고 하면 우리 시적 교감이 덜 아팠을까요, 아니 응애응애, 라고 하면 그대 사랑이 한결 초라해졌을까요? 어디에 그대의 눈물을, 우는 어깨를, 흔들리는 시어를 묻고 싶었던 것인가요?

　결코 잊을 수 없는 장면을 연출하고 싶었던 건가요, 하얀 눈은 그치지 않고 푹푹 오고, 푹푹푹 오는 하얀 눈보다 더 하얀 나타샤는, 당신을 굳이 사랑하다고 믿게 한 나탸샤는 러시아풍 눈 덕분에, 검정 당나귀 신묘한 울음소리 덕분에 한마디의 대사가 주어지지 않았어도 주인공으로, 얼마나 풍성하게 눈부셔지고 기품을 갖추게 되었는지요. 신비한 눈의 여왕으로 등극한 오만이 결국 내 무릎을 접게 하였는지요. 그대는 나타샤만 바라보지요, 나탸샤 역을 맡은 나는 그대에겐 없는 존재이지요. 나는 그대를 이렇게 바라고 있는데, 기다리는 저 당나귀 등 위로 기꺼이 올라타려 하는데. 죽을힘을 다하여 죽으려 하고 있는데요.

지금 창밖에 그대가 퍼붓는 눈이 푹푹 내려 온통 눈벌집 세상입니다.

지금 창밖으로는 그대가 애절해한 나타샤가 당나귀를 타고 내게 절뚝이며 옵니다.

연거푸 와서 내 목을 조르고 내 슬픔을 터뜨립니다. 이젠 내 순서라고 속삭입니다.

하얀 피투성이가 된 무대 위로 퍼붓던 인조 눈발이 몇 송이 더 흩날리고

우렁찬 박수 소리가 들립니다.

어찌할까요, 지금 막을 내릴까요?

오르골 4
―벚꽃 엔딩[*]

잠깐 멈춰봐, 벚꽃 잎들이 달려오잖아, 필립, 네가 젊었을 때 무수히 외치던, 사랑한다며 팔 벌린 입술들이, 어떤 질문도 가볍게 웃어젖히던 환한 목젖들이 펄펄 퍼붓잖아, 네가 무대에 오르던 저녁이 노을로 상영되고 있을까, 지금도 비음을 내던 굽 높은 구두 발자국 소리가 빗금 친 어둔 유리창을 넘고 있을까, 눈꺼풀이 빨간 여배우와 보청기를 끼고 앉아있던 나무 의자들이 극장 안을 무료히 떠돌고 있을까

마주 앉아있을 수 없었던 시절, 전속 배우인 너는 벨벳의 무대에서 리허설을 하고 있었고, 여급인 나는 매표소에서 청소를 하다가 말고, 매점에서 브라보콘을 팔다가 말고, 식당에서 배식을 돕다가 말고, 화장실에서 휴지를 수거하다가 말고, 네가 춤추는 대사에 온몸을 날려 너에게 삼키고 싶었지, 네가 젊었을 때 외치던, 사랑한다던 그 무수한 대사 중에는 내 것도 있었을까, 너는 내거야, 아주 잠깐 아프게 그럴 수 있었을까, 필립, 누가 뭐래도 너는 내게 지금도 일류 초호화 스타, 타오르는 안드로메다 성운, 뜨거운 성소이지

22

너를 내 무릎에 눕히고 시간을 잠재우는 4월 밤, 이제 구십 세가 된 너는 비로소 작은 아기가 되어 내 계절에서 칭얼대며 자장가를 원하지, 그래, 우린 이미 오래전 서로 슬펐으므로, 서로 남남이었으므로, 이젠 행복해질 수 있는 걸까, 벚꽃 눈이 눈물 폭죽으로 터지며 우리 뺨을 스치네, 잘자요, 당신, 당신 이후의 새 하늘이 화창할 거예요, 난 당신의 머리칼을 쓰다듬는 최후의 관객, 당신은 나를 무한정 기다리게 한, 끝나지 않는 극본, 사랑해요

* 「벚꽃 엔딩」: 버스커버스커의 노래.

오르골 5
—기시감

정교하게 무대를 제작해야 해, 이건 무대연출인 자네와 내가 죽을 때까지 비밀로 혈맹이어야 하는 이유, 무서운 속도로 오토바이를 몰고 오다가 기다리는 애인을 확인하는 딱 이 감동에서 가드레일을 박게 해, 세 번 구르고 뒤집히다가 솟아올라 산산이 산화하도록, 민들레 꽃씨가 무르익은 시간을 어쩌지 못해 터져 오르듯이, 잘생긴 주인공이 조각으로 부서져 튀어 올라야 해, 뿌려지는 피 꽃잎들로 화려하게 장식되는 엔딩이어야 해, 절대 잊히지 못할 끔찍한 아름다움을 찍어야 해

찍히지 않도록, 믿는 도끼에 내 발등이, 나와 삼십 년을 영화 바닥에서 뒹군 자네, 실수는 없게, 오류는 없이, 변명이나 양심은 버리고, 치밀한 계산으로 그가 가드레일을 정확히 박도록, 촬영 현장 사고라고 보도하려면, 셜록 홈즈가 검증해도 발각나지 않도록, 알겠지? 우리의 삼십 년 영화 인생 대박 나지 못하는, 집요하게 보류한 흥행을 위해서, 아니 우리 은퇴 작품의 마지막 예술성을 위해서, 완벽한 씬, 피비린내 나는 리얼리티, 영화 안에서만 죽었다가 시사회에 걸어 나오는 장동건이 아니라 우리 영화 속에서 뼁! 터져 죽는, 손에 땀을 쥐게 하는 끔찍한 충격과 장렬한

허무가 살아나야 해, 촬영 중 오토바이 사고로 죽은 장동
건, 완벽한 엑스터시지

　주문의 내용, 형식, 위장, 그리고 나의 읍소, 다 알겠
지, 확실하게 한 방에 죽도록 해, 죽음에는 NG를 내면 안
되니까

백설공주百說公主

그림형제 원전 백설공주白雪公主 동화의 해석은 분분하다.
왜 하필이면 공주를 흠모한 난쟁이가 일곱 명이나 되었
으며, 에 대해 초점을 맞춰 성욕이 엽기적으로 과다했던 공
주는 일주일에 한 남자씩이 매일 필요했다는 애욕에 주제
를 부각하기도 하고, 공주가 죽었을 때 나타난 왕자는 죽은
시체에게마저 반해야 한다, 에 초점을 맞춰 변태 성애에 대
한 정신심리병리학적인 의학 논문이 나오기도 하며, 그녀
를 죽이려고 하는 왕비는 왜 마지막까지 백설공주를 죽이지
못하고 결혼과 동시에 포기해야 했는지, 에 대한 욕망 포기
시점에 관한 연구 리포트가 제출되고, 인간의 언어를 알아
들음과 동시에 미추美醜 시시비비가 가능한 거울에 대한 시
판 계획이 개발 중에 있다는 후일담마저 존재하는 백 가지
백설공주百說公主 스토리로 비화하였다.

그러나 백 번째 백설공주 이야기의 결말은 이러하다.
"그 후 공주는 왕자로부터 과감히 버림을 받는다. 이유는
간단하다. 왕자와 공주 사이에서 태어난 아들이 스무 살이
되어도 키가 전혀 자라지 않았다."

이백 년쯤이 지나 우리 외가의 가문 계보를 기술하여 적고 있는 나는,

피부는 백설처럼 유독 곱고 하얗지만 높이가 지독히 낮은 앉은뱅이책상에서 서서

이 글을 기록하고 있는 중이다.

거짓말 사탕

어느 날 오래된 거지가 나타나 이야기를 들려주었다. 심심야곡 사월 태양은 정오일 때 사악한 뱀에게 물려 죽은 적이 있었단다. 뇌수는 터지고 독 때문이었는지 사지 선혈 붉게 산철쭉 물드는데 비비몽사사몽 하늘에 짓눌려 구름에게 겁탈당하고 신음의 번개 내질러 달려, 노래는 라벨의 죽은 왕녀를 위한 파반느, 넘치는 건 오니샤 강물 둔덕, 뼛속까지 드러내는 우레 바늘, 스러진 무덤 속은 구겨지는 셀로판지 소리거나 질겅 씹어 삼켜도 좋을 가래 점액 같은 것이었단다.

왜 이런 이야길 들려주시죠? 나는 물었지.

이백 년쯤 뱀에게 물려 사사몽비비몽 비명의 울음 계곡에 처박혀 있을 때 뱀의 여자에게 송두리째 뺏긴 동정이 오늘 나를 보는 순간 화들짝 기억나는 것이었다는, 내게서 추악한 발정 냄새가 나고, 몇 겁을 돌아 이윽고 도달한 허무의 발톱이 보이고, 질질 끌어당기는, 일순 낯익은 초경 핏자국 사위가 감지되었다는 것, 다시 죽을 듯 내 몸 그림자 살점에 감전되었다는 것.

웃겨서, 그러나 그의 전생 해몽을 듣고 나도 모르
게 거지 곁에 나란히 누웠단다.

먼지 낀 사내는 어둔 눈을 들어 깊숙한 내 구멍을 찾고,
처음이라서… 더듬거리는 나의 숨결 위로, 어쩌나, 어찌 빠
른 갈참나무, 상수리나무 사탕들이 일제히 흔들려 미친 듯
폭포 방울로 떨어지던 것은, 맛, 있, 어, 라, 바람이 감기
고 숲이 울고 그토록 오래 오래 빨고 나자 아파라, 혀끝 단
침이 미라 속으로 출렁 녹아내리는, 그때 내 손 위에 놓여
진 해골 백발 한 줌이란

김소월 여인숙

고개를 돌리지 마, 절대로
네 앞에 펼쳐지는 나 보기가 역겨운 봄만
이 방에 들어 놀래?

영변에 약산 진달래꽃잎들 섬섬옥수 박힌 창문에
햇빛이 유독 집중하는 발간 소리만 들여 놀래?

어서 내 등으로 들어와
아직은 누워서는 안 될 때
내 날갯죽지에서 자라는 음핵을 만지기만 해야 할 때

조급해 말아
내 말 들어
죽어도 아니 정액을 흘려야 하는 밤은 오지 않았고
죽어도 아니 떠나야 할 내일은 이미
시 속에서 훌륭하게 떠나보냈으니

그럼 우리 이제 웃음을 물고 노래로 한껏 젖은 뒤

즈려밟아 몸을 얻은 진달래 냄새 순결한 이 방에서

고개를 돌려 마음껏 죽어볼까?

(꽃을 따 성교로 순교한 내 발에 뿌려줘)

우체통

깨진 너를 본 적이 없다
목 쉰 교차로에서 외쳐 불러보았지만
늘어나는 너를 들은 적이 없다
만지고 더듬고 핥고 누르고 때려도
너의 문장 속 깊은 상징에 이른 적이 없다
　　(우린, 늘 오해였을까)

벙어리 신발을 신고 네가 떠난 건기의 밤
되돌릴 수 없는 구멍에 내 몸을 불쑥 넣고
기다리고 애원하고 구걸해도
속수무책, 사막의 바닥에 내동댕이쳐진
어느 날의 후기가 가로수 끝에서 간신히 눈뜰 뿐
닿을 수 없는 비가悲歌에는
음계를 향한 비상구마저 잠겨
지친 욕망은 북쪽으로 나부낄 따름이다

　　(우린, 이제 무엇일까)
닳고 닳은 여름이 끝나 가는데 미친 듯
장맛비가 퍼붓고 있다

비 한 톨 맞지 않는 너의 완강한 잉여의 시간에
내 붉은 혈서가 쓰여지고 있다

사랑을 저항하는
최후통첩이다

제2부 저녁에 부는 감정

저녁의 색채

너의 작은 성채 같은 심장에 이는 파랑을
꿈으로 오해하지 말기를
친구여, 어쩌다 굽이친 파란 파도 한줄기를
밤이 도착하기 이전이므로
아직도 꿈이라 호명하지 말기를

저녁이 어깨를 말아 웅크리며 엎드릴 때
무릎 언저리로 차오르는 슬픔의 흰빛을
허무의 주소라고 새기지 말기를
어제가 사라진 골목마다 흩어지는
유년의 해진 신발을 함부로 줍지 말기를

전등을 켜자 사방에 몰리는 빛의 섬유질들을
곱씹어 삼키며 가슴을 쓸어내리기를
검은 달을 기다리는 남회귀선 오른손이
젖어 내리는 붓끝으로 무슨 입술을 그릴지
친구여, 함부로 발설하지 말기를

쉿!

저녁의 노래

핏기 없는 도마 위에 갓 따 온 노을을 얹어요, 소량

갈등을 자른 적 없는 무딘 칼날이 자신의 내력을 고민하
는 사이
주방 창밖으로는 귀를 펄럭이며 하늬바람이 머물다 가
요, 잠시

누가 부려놓은 시간 더미들일까요.
켜켜이 쌓여 구근이 된 추억, 뿌리들을 다듬다 보면
왜 썰어야 하는지, 왜 써야 하는지, 왜 슬퍼지는지
쓸데없었던 몇 편의 기우들이 터져 나와요, 기어이

유난히 높은 겨울, 추위와
잠가도 풀어지는 프라하 성당 첨탑의 붉은 벽돌과
등 뒤에서 떨고 있는 한숨의 돌길과
좁은 허기에서 허우적이며 책상을 구기곤 했던 카프카
긴 얼굴이
사선 가득 마른 관절들로 토막 지어져요.

카프카도 슬펐을까요, 죽은 후에 작품들을 모두 불태워

달라던
　　그 저녁에 불던 그 저음, 그 리듬, 그 멜로디,
　　몇 편의 우울한 음색도 다져볼까요, 물큰

　　그의 장례에 동행한 물푸레나무 발자국들을,
　　땅 위에 내려앉던 잿빛 선연한 사향제비나비 춤을,
　　이름을 알 수 없는 새들이 찾아들던 구덩이 그늘을,

　　대한민국, 대전, 현대아파트, 칠 층,
　　그러나 어둠으로도 뚫을 수 없는 여린 유리창, 에
　　비치는 낡고 어린 시인의 실루엣을
　　이제는 푹 삶아낼까요

　　마지막
　　냄비의 정수리를 넣은 후 혼잡이 혼몽히 혼란스레 끓는
동안
　　기침이 심해지는 카프카, 당신, 내가 죽으로 죽을 때까지
　　노래하게 해주세요, 오래

저녁의 무늬

소리가 없는 저녁의 뒤꿈치들이 둥글다

둥근 저녁의 뒤꿈치의 각질들이 완전 보드랍다

보드라운 저녁의 뒤꿈치의 각질들의 오솔길이 길고 가늘다

그 둥긂을, 그 보드라움을, 그 길고 가늚을

매듭으로 엮어 기도하는 시간

구멍 난 감탄사들이 자욱하다

저녁의 사막
—어린 왕자에게

모자 속에 구부리고 있나요?

당신의 여우를 기다리는 동안
처참에 길들여지는 동안
잠시 숨을 멈춰 반대편을 잊고 있는 동안
죽음을 유보한 동안

행복한가요?

내가 가야 할 길이 아닌데
너희들이 만든 수십 개의 지구에서
몸부림치며 갇혀 있던
이 세상에서 가장 치욕스럽고
가장 속되어 버리고 싶은 문장

사랑하나요?

아직도

오장환을 얻다

문학 석사 논문을 쓰려고 할 때,
제6공화국 이후 개방화와 민주화라는 정치적 취지로
문학사에 조명이 켜진 1988년 7월 19일,
분단 상황 극복 의지로 월납북 작가들의 해방 전 작품에 대한
출판 허용이 발표되었을 때 이야기이다

나는 기다렸다는 듯
문학사의 빈틈에 삽질을 한다는 준엄한 심장으로
오장환을 연구하기로 하고
그가 태어난 충북 보은군 회북면사무소로 떠났다

가을이 가없이 펼쳐진
구부정하고 긴 길을 노란 먼지 날리며
시외버스는 낯선 전율로 떨며 가고 있었고
그의 출생지부터 찾아 더듬는 나의 전희는
어떤 오장환과 만나게 될까, 아프도록 설렜다

1916년의 호적부를 떼고
그의 부모님과 지면으로 상견례를 하고
스물아홉 살의 나를 마음에 들어 하실지 설레며

나는 다시 그의 가족이 경성부 운니정 24번지로 이사한
1936년도 흑백필름의 아슴한 길을 따라
서울행 기차에 낮은 저녁을 실었다

　쓸데업는 생각에 잠을 이루지 못하고 가—끔 책장을 뒤
적이다가 밤늦게는 흔히 기적소리를 듯는다. 이런 때마다
불연듯 멀—리 旅行을 떠나고시픈 생각이 나는 것은 엇지
오늘 저녁 뿐이랴. …(중략)… 車 속에 있는 사람들이 거의
모두 자는데 나 혼자 食堂車에 드러가 한구석에 안저 진한
「커피」 차를 마시는것도 조흐려니와 우리가 잠자는 사이에
밤車는 어느듯 다른 아츰과 다른 都市로 通할 것이 아니냐.
　　　—오장환, 「第七의 孤獨」 부분(《朝鮮日報》, 1939. 11. 2.)

서울역, 하늘은 늦게 피어난 칸나의 그림자로 어두워지고
밤이 점점 진해지는 대우빌딩을 뒤에 두고는
돈화문 앞 운니정에서 15칸 하숙옥을 경영하셨다는
그의 어머님을 뵙기 위해 간소한 꽃과 떡을 마련하였다

소멸한 공간,
하지만 북적이었을 하숙생들의 애환이

지금은 국밥집이 들어선 벽돌담 틈 사이에서
백열등으로 한지처럼 비추일 때
나는 그 식당에서 스물한 살 청년의 하숙집 아들
오장환과 첫 대면을 하였다

지나치게 말이 없고
다홍빛 그늘 주름의 뺨을 지닌 그는
내게 대동소주 한 잔을 권하였다
나는 식탁 모서리를 매만지다가
수줍은 떡을 떼어 집어 주었다

그는 다음 달 일본 명치대학으로 유학을 간다 하였고
나는 만나자마자 작별인가요, 고개를 들어 눈이 마주쳤을 때
밤바람 섞인 눈부처를 서로 바라보았을 때
식당 창밖으로 인력거 바퀴 소리가 아련 들렸을 때
행인이 부는 황성옛터의 노랫가락이 아슬 섞였을 때
눈물이 날 것도 같았다

　病든 서울아,
　　지난날에 네가 이잡놈 저잡놈

모도다 술취한 놈들과 밤늦도록 어깨동무를 하다 싶이

아 다정한 서울아,

나도 미천을 털고보면 그런놈 중의 하나이다.

나라없는 원통함에

에이, 나라없는 우리들 靑春의 반항은 이러한 것이었다.

反抗이어! 反抗이어! 이 얼마나 눈물나게 신명나는 일이냐.

　　　　—오장환, 「病든 서울」 부분(『病든 서울』, 正音社, 1946.)

오늘도 無爲한 날을 보냈다. 어제도 無爲한 날을 보냈다.

내일도 無爲한 날을 보내리라. 東京에는 무엇이 있을가보냐.

東京서는 누가 나를 기다린다드냐. 아무데로나 떠나려는 마

음, 아무데로나 가보려는 마음 이것밖에, 내게는 이게 피

하려는 길인지 찾으려는 길인지 알아볼 氣力도 없다. (중

략) 十四年度 문예연감에서 오늘 우연히 徐廷柱의「바다」라는

詩를 읽다. 아라비아로 가라. 아라비아로 가라. 아니 아라

스카로 가라.

　　　　—오장환, 「旅情」 부분(《文章》, 1940. 4.)

다시 그를 만난 것은

일본에서 귀국한 후였다, 동경 판교구 연마정에서 학교

를 다니며

　시와 미술에 관해 모은 책들을 보여 주었다, 그 헌책들을 팔려 내놓은

　그가 경영하는 '남만서방'이란 책방에서였다, 피압박민족의 운명에 대해

　모더니즘과 스러져가는 상징의 세계에 대해 자조를 노래했고

　애달파 거추장스러운 청춘을 경멸하였고

　동인으로 활동 중이라고 '시인부락'을 소개했다

　술과 퇴폐로 얼룩진, 거리의 보헤미안인 자신의 향락이 멋지지 않느냐고

　수갑이 채워진 채 펄럭거리는 모국어 시의 깃발이 슬프냐고

　여전한 복사꽃 볼로 수줍게 웃던

　우리의 봄밤

　멀리 기적 소리 너머로 지지직거리는 흐린 세월이 잠시 멈춘 뒤

　1947년 결혼하여 가족과 함께 월북했고,

1955년 6월 28일 생사불명 기간 만료로
1971년 4월 24일 서울가정법원에서 실종으로 선고됨으로써
1971년 5월 11일에 제적되기에 이른다······ 당신

나는 당신을
당신의 풀리지 않는 전 생애를 미친 듯이 찾아 헤매며
그해 가을을 소진하고 있었고
끝끝내 내 품에 안기지 않는 당신에게 분노로 저주하며

그의 시들을 음독하다 쓰러져 버렸던가

주검을 확인하지도 못한 채
입증할 수 없는 자료들로 조악한
미완성의 논문으로 석사학위를 받고
끝내 짝사랑으로 판명 난, 오장환의 마음 반편도
맞이하지 못한 신열에 들떠 독감으로
달아오른 방구들 이불 속을 헤매었다던가

겨울이 시작되었다

며칠간 시야가 어지러워 분간이 안 되는 눈발이 퍼부었고
그리움에 지친 한 여자가 만나야 하는 운명의 남자를
마지막으로 더듬기 위해 월북 길에 오르고 있었다
온통 지뢰밭인 비무장지대를 뛰어 달려 점점 점 점

어둔 스크린 너머로 몇 발의 긴박한 총성이 들렸다

여자의 입에서 붉은 피 꽃잎들이 낭자히 튀며
시가 흘러내렸다

　　나요. 吳章煥이요. 나의 곁을 스치는 것은 그대가 안이
요. 검은 먹구렁이요. 당신이요.
　　외양조차 날 닮었으면 얼마나 깃브고 또한 信用하리요.
　　이야기를 들리요. 이야길 들리요.
　　悲鳴조차 숨기는 이는 그대요. 그대의 同族뿐이요.
　　그대의 피는 검어타지요. 붉지를 않고 검어타지요.
　　음부 마리아모양, 집시의 계집애모양.

　　당신이요. 충충한 아구리에 까만 열매를 물고 이브의 뒤
를 따른 것은 그대 사탄이요.

차디찬 몸으로 친친이 날 감어 주시요. 나요. 카인의 末
裔요. 病든 詩人이요. 罰이요. 아버지도 어머니도 능금을 따
먹고 날 낳었오.

寄生蟲이요. 追憶이요. 毒한 버섯들이요.

다릿—한 꿈이요. 번뇌요. 아름다운 뉘우침이요.

손발조차 가는 몸에 숨기고, 내 뒤를 쫓는 것은 그대 안
이요. 두엄자리에 半死한 占星師,

나의 豫感이요. 당신이요.

— 오장환, 「不吉한 노래」 부분(『獻詞』, 南蠻書房, 1939.)

윌리엄 언솔드*의 난다 데비Nanda Devi 일지

1. 반짝이는 어금니가 막 돋아난 하얀 설산을 본 적이 있다. 밤의 기운이 헝클어지고, 맨발인 채로 오르던 새벽이 히말라야 온몸에 들어찰 때, 멀리 수결했던 풍경이 갑자기 살아난, 섬뜩한 시간과 만난 적이 있다. 산소통 없이 오르던 고봉정상, 시야의 눈부신 사각지대, 숨 조이는 고통 사이로 불쑥 올라온 순결한 혼 덩이, 뿜어져 나온 탄성으로 물든 내 거친 호흡에 셰르파는 맑은 시선으로 또박 읽어주었다. 저 봉우리는 '난다 데비Nanda Devi', 축복을 내려주는 여신이란 뜻, 심장에서 울부짖는 탄성의 새들이 일제히 부력의 임계점까지 날아오를 때, 내 인생은 난다 데비를 만나기 전과 만난 후로 나뉘었다.

　—1949년 7월 29일, 에베레스트 등반을 마치고 북부 인도를 트레킹 하다가 서늘한 아름다움, 난다 데비 설산에 내 영혼을 내어준 날이다.

2. 이듬해, 딸을 낳았고, 경탄을 낳았고, 울음을 낳았던 날, 딸에게 '난다 데비'라는 이름을 내주도록 난다 데비는 허락하였다. 딸 '난다 데비'는 축복을 내려주는 여신으로서 목을 늘려 가문비나무 가지 끝에 숨소리를 맞추고, 손을 모아 계곡을 달려온 바람의 등줄기를 쓰다듬으며, 발을 내어 달

빛 젖가슴에 부딪는 밤 산을 오르내렸다. 딸에게서 실뱀들의 노랫소리가 들려오고, 석양에 젖는 숲 냄새가 나고, 직박구리 깃털들이 분분분… 꽃 이파리로 흩어져 내렸다. 딸은 난다 데비 신화 속에서 두꺼운 겨울을 부드러운 부리로 쪼고, 혹독한 내세를 별점으로 해독하며, 산 너머 뭉쳤다가 흩어지는 비행운을 맛있게 감식하였다.

　—1950년 9월 1일~1963년 9월 1일, 난다 데비라는 이름에 자부심과 신비감을 품고 자란 내 딸 난다 데비를 기록하다.

　3. 딸이 26세가 되던 생일날, 자신의 이름에 가 닿고 싶다고 말했던 날, 자신을 축복한 여신의 품에 안기고 싶다고 원했던 날, 나는 딸 난다 데비와 경외의 여신 난다 데비를 만나게 하기 위해 80명의 대규모 등반대를 결성하였다. 자신이 꿈꿔 온 인생보다 더 높은 제4베이스캠프에서 일주일간 사경을 헤매던 딸은 저체온증으로 죽었다. 덜컹거리는 산맥을 종횡무진 눈 소금으로 절이던 미친 눈발이 잠시 그친 후, 천진한 셰르파 소년이 닦아놓은 파란 명경 하늘 아래 떠오른 난다 데비의 얼굴이 또렷할 때, 딸은 이 세상에서 가장 행복한 미소로 여신의 부름에 답하였다. 나는 딸이

난다 데비에 마침내 이르도록 잠시만 숨을 참아주기를 산정
의 고요에게 부탁하였다.

　— 1976년 9월 9일, 난다 데비 정상 바로 아래 북릉상에
서 내 딸 난다 데비가 자신의 산을 찾아가다.

　4. 미국의 아내에게 전보를 보냈다. "Body committed.
Out of Beauty into beauty. 시신은 산에 묻었소. 아름다움에
서 태어나 아름다움으로 돌아갔소."

* 윌리엄 언솔드: 미국의 등산가로 워싱턴대 철학교수. 12세 때 등산
  시작. 티톤Tetons과 캐스케이드Cascade 등지에서 등산 수업 후 히말
  라야에 진출. 1949년 가르왈Garhwal의 닐칸타(Nilkanta, 6596m), 1954
  년 마칼루(Makalu, 8463m), 1960년 마셔브룸(Masherbrum, 7821m)을 초등
  정. 1963년 다이렌퍼스(N. Dhyrenfurth)가 이끄는 에베레스트 원정대
  에 참가하여 혼바인(T.F. Hornbein)과 함께 미국인으로서 최초 횡단등
  반 성공. 당시 이들은 8500m 지점에서 비박. 이때 언솔드는 동상으
  로 9개의 발가락을 절단하였으나 온 생애를 히말라야 등반에 기투.
  난다 데비(Nanda Devi, 7816m)에 매혹되어 딸의 이름도 난다 데비로 명
  명. 딸 난다 데비는 아버지가 이끄는 1976년 난다 데비 합동등반대
  에 참가하여 정상 바로 아래 북릉상에서 사망. 이후 그는 자신이 가
  르치는 학생들을 인솔하고 레이니어(Rainier, 4392m)를 등반, 하산 도
  중 눈사태로 사망.

고통을 말하다

어둠이 나를 직시하는 통점

북극성이 매일 밤
파랗게 태어나는 불면의 정중앙에 떠
빛나는 이유이다

증언

겨울 암벽을 오르는 이와 만난 적이 있다

그는 고통을 아끼려고 숨도 아꼈다

목표점인 하늘 정수리를 향해서
단, 한, 발짝을 오르기 위해
하루 종일 몸을 활강 자세로 펼쳐
몇천 년 파문으로 얼룩진 바위의 급소를
정확히 겨냥해 고리못으로 터뜨리며
자신의 머리보다 무거워지는 바람에
재갈을 물리곤 하였다

온 정신을 전념하려
온통 암흑뿐인 과거를 무수히 걷어내 자르고

추위에 불어터지는 햇빛으로
언 무딘 손을 녹였다

　　줄 하나에 매달린 공중 집에서 잠을 자고, 돌
틈에서 쏟아지는 눈을 받아 침묵을 적시고 라면

을 부숴 먹으며, 일주일, 열흘, 비로소 공포에 휘
둘리는 심장박동이 들리지 않고, 갑자기 몰아치
는 달빛에도 외로움으로 흔들리지 않게 되었다.
무르던 시간이 건조해졌고, 그의 몸이 동일한 반
복동작을 윤회의 섭리로 받아안는 맷돌처럼 단단
해졌다.

어느 때보다도 눈동자가 밝아졌고
죽음을 버리는데 용감해졌으며
두고 온 세상이 용서된다고 하였다

내 몸이 어느 새 그의 몸에 자일을 두른 채
직각으로 끌려갔다

허공 속, 다시는 돌이킬 수 없는 두려움이
이렇게 편할 수 있다니

비로소 그를 믿게 되었다

{싹 난} 감자를 삶는 시간

하루가 휜다, 저녁,
배고픈 전화선이 붉게 운다

기어이 교신이 끊어진 독기 품은 성기들
못내 저항하던 것들을 칼로 찌르고
겁탈하고 기어이 도려낸다

널브러진 찜통 안에서
그의 시체가 하얗게 꽃 핀다

가끔은 내가 살해했던 봄들이
더운 빗물로 배달될 때도 있으리라

서리 끼는 창문 넘어 먹구름 몇 닢
문득 아프다

혼자 울던 전화선이 지친다

뜨거운 울음 범벅의 흰 꽃살
거침없이 먹는다

흰 하루가 접힌다, 밤

으깨진 그가 막사발에서
꺾인 관절들을 추스르고 있다

살의를 가지기에 적당한 늦은 어둠,
몽롱한 충동이 나에게 또다시
비린 주문을 건다

독한 추억일수록
잔인하게 삶고 싶다

제3부 작별의 숲

모친상

관구棺柩에 못 대신 눈물을 박았다

목까지 박힌 수많은 말들이 피 흘렸다

모레 글피면
무수히 긁힌 가시 십자가가 완성될 것이다

엄마라는 호명의 바깥

얇고 낡은 햇살이 그나마 눈머는 정오

    열두 살, 밥은 아랫목에 묻어두었고 찌개는 곤로 위에 있다, 엄마는 사소한 문장을 남기고, 된장찌개가 고이 숨긴 적적한 온기마저 지우는 눈발 속으로 혼잣말하는 활엽수처럼 사라져갔다. 발자국도 없이 한 줌 흰 새로 날아갔다.

    함께 심었던 대추나무 위로 수십 번의 분노가 봄마다 붉은 비를 뿌렸고, 수백 번 달들이 복면을 한 채 후회하고 체념하는 사이, 수천 번 목 쉰 바람 가루들이 고였다가 흩어져 내렸다. 수만 번 딸꾹질하는 먹구름이 한숨을 몰아갔다.

    엄마, 손을 두고 가시지요. 가끔은 자욱한 심해에서 죽지 않을 만큼만 아프게요. 허공은 가르지 못할 만큼 무겁고 단단해서 오늘이 무섭습니다. 버려진 내 두 발로는 저을 수 없는 저 돌의 축사들, 음메 음메 울부짖는 별뉘에서, 나는 누구인가요, 당신의? 혹은 당신과?

    느릿느릿 당신을 탐구합니다. 당신에게서 계워져 나오는 미역과 거북 알과 태초의 신음 따위를, 결코 썩지 않을 묘지

밖으로 하늘은 늘 비겁하고 남루해질 뿐인데, 누가 사랑을 만들었을까요. 이제는 그 페이지를 뜯어 신발 모퉁이에 적실까요. 사춘기를 건너온, 격정기를 돌아온

쉰두 살, 내 눈물에 가둔 겨울들이 막 새기 시작합니다.

10원 동전

오랜 주머니를 뒤집자
동전들이 수북 떨어진다
폐품처럼 까마득 잊고 있던 쩽그렁 소리들
사이로 바람결 따라 먼지들도 소복 흩어진다

새 옷만 챙겨 집 떠나 상경한 잘난 식구들
어둠 밖 그림자에 목메어 부르다 잠든 시간은
얼마나 뒤지지 못한 부스럭거림이었던가

애들이 보구 싶구나, 성 베드로 노인요양원 어귀 끝에서
흐린 안부는 불어오다 골목에 막혔고
잔혹한 먹구름은 대문 앞에서 함부로 헝클어졌으며
몇 번의 정전과 몇 번의 수해가 지나간 후
천주교 공원묘지에 어머니를 맡기고 나자
고향이라 불리던 기억에는 식은 노래 깃발이 꽂혀지고
우리는 서울시 금호동사무소에서 주소 이전 등록을 하
고 있었다

어머니는 그 후로도 여러 번, 전전하던
이삿짐에 묶여 있기도 하였다

시답지 않은 가난한 짐 꾸러미 곁에서
시든 분재로 누워계실 적, 햇살을 부어드리는 사이
창밖 페인트칠 떨어진 낯선 노인요양원에도 봄은 찾아와
눅진한 목련이 다투어 피는 것을 주방 창으로 내다보며
애야, 얼굴 맞대고 밥 먹는 힘으로 사는 거란다, 니들
과 같이
청국장 끓여서 먹던 밥때가 그립구나
밥을 지어 매번 세끼 꼬박 먹으며
꼭꼭 씹어 먹으며 그 힘으로
그 치매 어머니 지겹던 말로부터
멀리 멀리로 달아나곤 하였다

주머니를 뒤진다
철 지난 코트의 어둠에서
쓸모없는 십 원짜리 녹슨 과거들이
어머니, 어머니, 둥근 알을 슬며
쏟아져 나온다

번데기 집

엄마는 저 숱한 주름을 펴서
몸을 한껏 늘려
집터를 잡기 시작했다

5% 포도당 링거 긴 호스가 투명한 화강암으로 빛나고
쉴 새 없이 공급되는 단단한 산소 튜브가 대리석 기둥의
위용을 뽐낼 때
코 식도 위로 연결되는 유동식 투여 삽관이 이에 가세,
기둥들이 수려한 자태로 집의 틀을 제대로 잡아주었다

흉관술로 폐를 뚫은 비닐 팩에는
고혹한 핏물들이 어려 장밋빛 창문이 되고
난해한 장식으로 얼룩무늬 진 욕창들은
이태 본 적 없는 추상적인 명화의 프레스코 벽으로 우
뚝 섰다
24시간 내내 꺼질 줄 모르는 연명에의 열망이 지나친
눈부신 형광등이 지붕으로 얹히자
대소변을 받아내는 제반 하수구 공사까지 말끔히 끝내고

호시탐탐 이차 폐렴균이 그녀의 다른 폐를 도둑질할까,

맥박이며 산소포화도 등 바이탈 사인을 초 단위로 탐지하는
CCTV 모니터까지 장착한,
완전 스마트한 최신식 집

보라, 폐렴 3기로 넘어가는 96세 이형금 씨의
보다 아름다운 벌레의 집을!

20년 전, 엄마의 그 봄

아홉 시 오십 분 대전발 기차야,
수원 도착은 열한 시 반일 게다, 갈게.
엄마의 소금 절인 김장 배추 같은 목소리
전화 끊고

딸과 금정역으로 마중 나갔어요
외할머니는 엄마의 엄마야, 딸은
봄빛이 계란프라이 노른자처럼 윤기 나게 풀리는
햇살로 뛰어가고, 총총히 열리는 역사 광장
유년의 들깨 숲처럼 매콤하게 펼쳐지는
지하철역 계단 숨차게 오르며

엄마, 보리순 뽑아 불던 바람 소리로
불러보았지요

하차장으로 몰려드는 일상의 끈
무게에 못 견디는 개찰구의 은빛 호흡이
끊어질 때마다 반 박자씩 빨라지거나 늦어지는
군더더기 슬픔들이 자주 발을 걸고

결코 뒷걸음치지 않으려는 사람들
기울어진 어깨에 숨어드는 정오쯤,
가벼운 공복과 아랫도리가 허전한
하품이 자욱한 먼지 속에 꺾이며

내게 오는 모두가 엄마였지요
맨 끝 편, 날씨에 맞지 않는
지나친 외투, 고단한 머플러 깃에
양손 가득 허름한 보따리들
무겁도록 낯익을 때

할머니야, 우리 할머니다,
딸의 하나로 땋아 내린 말총머리 흔들림 속에
반쯤 가리는 엄마의 얼굴

허리 근처께 닿는 일곱 살 어린 외손녀에게
속삭임을 전하기 위해 마주한

칠순을 보내고도 모자라 여섯 해를 더한
부드런 골 깊은 무늬의 주름

엄마 얼굴이 겹쳐지며

딸과 엄마, 두 나이가 합해져 다시 둘로 나눌 수
있다면, 두 나이의 평균치만큼 엄마가
젊어질 수 있다면

칠십하고도 여섯 해를 묵힌
내리사랑의 보따리를 받아 들며

뭐예요? 왜 이렇게 무거워?
김치다, 너랑 황 서방 오이소박이
좋아하잖니, 너덜 아버지가 자전거 타고
문창동 시장꺼정 가서 장 봐 온 거다
밤새 씻고 절이고 담아낸 거다

지하철 역사 담장 밑으로 입 다물고
틈 없이 빼곡 들어찬 봄 햇살을 뚫으며
뚫을 수 없는 엄마의 세월을
양손에 들었지요

김치를 담가다 주고 싶어 대전에서
수원까지 수원에서 금정역까지
금정역에서 산본까지 딸의 어느
쓸쓸한 마음 한 잎 빈틈까지
샅샅이 찾아 스며드는

겨우내 친정집 지하실
장독에서 꽝꽝 익어갔을
황석어 젓갈 엄마의 향내를 들고

섞일 수 없는 황톳빛 주름살 손에
들려진 푸른 봄 순 같은 딸의 손을
보며 갑니다

맹골수도*

내가 죽인 아이는

푸른 눈썹을 지닌 어린 다시마

출렁이는 파도의 한 줌 별빛

야윈 섬 무구한 발자국

그 그 그 몇십 번째 신음 소리

엄마,
(소리, 기다리래요)
(소리, 물이 입술까지 차올라요)
(소리, 숨쉬기가 힘들어요)
(소리, 죽을 거 같아요)
(소리, 사랑해요)

십 년 이십 년 후, 내가 낳은 아이는

너희들이 끝내 이르지 못한

제주도의 4월

마음 놓고 숨 쉬는
유채꽃들이 널린 한라산 기슭

어둠이 걷힌 햇살로 뛰노는
하얀 조랑말

---

* 맹골수도 : 2014년 4월 16일, 세월호를 타고 제주도로 수학여행을
  가던 다수의 단원고 학생들이 침몰된 장소로 대한민국에 사는 우리
  모두의 유배지.

뻐꾸기시계

아이가 우는데, 봄이다. 가늘게 질기게 나약하게 초라하게 애절하게 슬피 자꾸 울고 있는데, 봄이다. 혈액암이 네 친구니? 병동 가로등 불이 구구단으로 켜지는 저녁 일곱 시, 무균 항암실 간호사가 붙든 팔뚝에서 제법 커다란 벚꽃나무가 피고 피어나고 점점이 핏빛 꽃그늘을 네 잎씩 아홉 잎씩 뭉텅 떨구어 내는데, 아픈 유령이 잔기침으로 일어나서, 같이 울어줄까? 미안하지만 우는 방식이 기억이 안 나, 눈물이 터진 내장만 꺼내 볼래?

죽음도 네 친구니? 가장 나중에 아이를 부르는데, 봄이다.

벚꽃나무가 피었던 지문만 환하게 얼룩져 있는데,

아이가 누웠던 자리가 텅 비어있는데,

아직도 봄이다.

틈, 기다리다

사랑아
조금 늦게 울어도 되지 않겠니

배고프다 칭얼대는 저 초승달에게 늙은 젖을 먹인 뒤
아파요, 으아리 근처서 깨어난 이슬이 마지막 숲 그림자
에 가 닿은 뒤
자음으로만 머뭇 머무는 먹구름 우레로 퍼부은 뒤
두근거리는 상사화 꽃대가 차마 둥그러진 뒤
밤새 술 취하던 그의 조등弔燈이 점점점
붉게 사윈 뒤

사랑아
그때 우리 울어도
늦진 않겠지

몸 감옥으로부터의 편지

그는 삼나무 숲을 지고 왔다
숲에는 망가진 안개 다발들과 어디를 헤매다 왔을까,
발목까지 빠질 듯 질척한 석양 더미와
캐다 만 봄 햇빛의 구근 부스러기들로
산발한 신발이 부어있었다

여자가 되고 싶다고, 그는 울먹였고 흔들렸다

열두 살부터 온몸에 피어나는 여자의 색깔과 향기를
벗을 수가 없다고, 억지로 밀어붙인 몸에서
너덜대는 성기 하나만 제거할 수 있다면
겨우내 얼음 바위로 잠긴 눈에서
삽십칠 년 숨겨 온 계곡물이 흘러내렸다

벌목 안 된 시간은 지치고
무덤에서 자꾸 태어나는 비명의 아이들
—어머니, 당신이 내게 준 계절은 무엇인가요
분홍이 내리 번지는 산골마다 분분한 진달래 꽃잎에
입술 타오르는 적요는요

─아버지, 형벌인가요, 왜곡된 운명인가요
당신을 닮지 않으려 도망친 마을마다
부감으로 쫓아오는 악몽들을 이젠
스스로 추억하고 싶습니다

바람의 방향이 바뀌는 환절기,
돌아갈 수 없다면 나의 꿈은
우거진 편견의 어둔 덤불을 헤치고
남은 에움길을 계속 적어 걷는 것

욕망으로 무거워지는 삼나무 숲에
온몸을 가리고 또 걷고 견디며
살아온 페이지들을 젖은 수피에 적는 것

무수한 갈림길에서
떠나간 접속사들을 불러 화해시키고
몇몇 휘어진 부정사 껍데기를 떼어내며 적어
다시 내일 밤을 묵묵해지는 것

분별없는 보름달과 구별 없는 별들이 검은 눈망울로
너덜대는 삼나무 편지를 내려다본다

벙어리 하늘이 텅 빈 자궁으로 깊어진다

고립자

1984년 4월 10일 17시 14분,
'고립자'라고 불리던 비닐 속 소년이 사망하였다.

데이비드 베터는 일종의 유명 인사였다. 1980년 매주 월요일 PBS에서 방영된 아메리칸 익스피리언스 시리즈 중 하나였던 '유리성 속의 소년(The Boy in the Bubble)'에서 우리는 비닐 커튼 안에서만 살고 있는 소년을 보았다. 또한 검은색 네오프렌 장갑을 껴야만 비닐 커튼 사이로 그를 만질 수 있는 소년의 부모를 보았다.

자기방어가 우선이었던 휴스턴 전문 의료진에게는 이 환자를 살릴 수 있는 다른 방법이 없었다. 의료진은 데이비드 베터가 중증 합병성 면역결핍(severe combined immuno-deficiency)이라는 희귀병을 앓고 있는 것으로 진단, 1971년 아이가 태어나자마자 특수 무균실인 유리성 속에 격리시켰다.

소년은 한 살 두 살 나이를 먹었고, 또래 아이들이 하늘을 향해 공을 차고 있을 때 부모가 사다 준 월드컵 티셔츠를 입으며 경험한 적이 없는 외부 세계에 대해 배우고 있었다. 검증된 약만을 하루의 일용할 양식으로 복용하면서 오늘이 무슨 요일인지를 궁금해했다. 눈이 있지만 볼 수 있는 것은 비닐 속에 비쳐진 현란한 형광등 빛에 분사된 자신의 모습이었고, 귀가 있지만 들을 수 있는 것은 의료진과 부모님의 음성뿐이었다. 코가 있지만 맡을 수 있는 것은 붐비는 허망의 열기였다. 열한 살이 되었을 때 소년은 손을 뻗어보았다. 비닐 밖의 세상이 어떤 모습인지 만지고 싶어 했다. 그러나 나사의 우주복을 입고도 유리성 밖으로의 짧은 외출은 허락되지 못했다. 소년의 부모가 아들이 유리성을 나서는 순간 확실한 죽음에 직면하는 걸 거절했기 때문이었다.

힘겹게 시도된 골수 이식수술이 실패했을 때도, 한때 소년에게 향한 연민으로 들끓던 시민들이 드라마를 보느라고 베터가 완구 회사 이름인지 혼동할 때에도, 티브이 뉴스에서 의학계의 발전과 휴머니즘의 승리라고 열변하던 의료진들이 주말이면 별장에서 가족과 바비큐 구이를 먹는 동안에도 소년은 치료약을 기다리며 유리성 속에 비닐 그림자처럼 남아있었다.

지난 뉴스를 인터넷으로 검색하다가 데이비드 베터에게

동정심을 느낀다. 평생을 비닐로 된 움막 밖을 한 발자국도
나와보지 못한 채 살아야 했던 소년. 그에게는 반 평의 유
리성이 그가 걷고, 먹고, 잤던 삶의 지평이자 십삼 년의 세
월이자 열망을 꽃피운 공간이었다.

　　　　눈물에 젖어 잠이 든 꿈에서 외계인을 만났다.
　　금성과 목성과 천왕성 무한 공간을 넘나드는 외계인은
　　　　　　　　동정심이 가득한 눈길로
　　　　　　나를 '고립자'라고 불렀다.
　　지구의 대기권을 벗어나서는 일 분도 버티지 못하는
　　　　　　대기라는 유리성에 갇힌 나를 두고
　　　　　　그가 찾아낸 별명이었을 것이다.

제4부 시詩, 그 서늘한 계절

국가시인고시國家詩人考試

27회 국가시인고시 과목이 발표되었다

시험 1교시,
이승훈『시론』
폴 존슨『지식인의 두 얼굴』
마티아스 반 복셀『어리석음에 대한 백과사전』등
13가지 책자에서 무작위 선정 주관식으로
20개 문항 문제가 출제된다고 한다

시험 2교시,
종합검진을 받아서 합격해야 한다
문화예술교육진흥원 창작지원사업에서 누락된 경우
원고료는커녕 잡지를 사주면서 시를 실어야 하는 경우
지명도 일 순위 출판사에서 시집 출간 거절을 당한 경우
각종 문단 행사 뒤풀이, 사교용 혹은 접대용 과음을 해
야 하는 경우
종내 웃으며 버틸 기초 체력검사이다
수십 명 시인들의 조기 사망 원인으로
'절망 심장 발작 증후군'이라는 병명이
규명된 이후 처해진 조치이다

시험 3교시,
적성검사와 심리테스트도 통과해야 한다
누가 알아주지 않아도 스스로 당당한
초강력 열정 구조를 가지고 있는 건지
돈벌이 제로인 시 창작 작업에 늘 행복해 할지
죽을 때까지 경쟁의식이 끊임없이 솟아나고 있는 건지
확실히 선별하는 시험 문제를 만들기 위해
정부기관에서 특별 연구소에 의뢰, 입증한 테스트들이다
가차 없이 걸려들면 2교시까지 공들인 탑이 무너지기 십
상이다
뿐이랴, 학령기부터 써왔던 일기장 제출은 필수,
어디에 필요한 것인지, 주민등록등본,
학력증명서까지 첨부해야 한다

삼수를 하고 있는 우둔한 화자는
시인 전문 양성 학원에서 열심히 준비한
경쟁자들과 겨루어서 기필코
시인이 되어야 한다

국가에서 배급한 시인 배지를

가슴에 눈부시게 달고
고향 어귀 현수막에 펄럭이는
"축, 김명원, 국가 인정 시인이 되다"
바라보는 그날까지 이까짓

시고시원詩考試院에서의 고생쯤
우습다

시 건강검진

시를 욕심껏 입양해 키워본 사람들은 안다
어디에서 문득 시를 발견해낼지 몰라 전전긍긍
소심하게 더듬이를 무수히 가지고 있었던 사람들은 안다

길을 가다가 꽃을 머리에 꽂고 모든 남자들에게
사랑해, 연발하는 여인을 보면 수첩을 펴놓고
열심히 스케치를 하였던 시장의 오후,
쓸쓸한 장례식 뒤에 묻어가면서도
엄청난 죽음의 무게를 시로 생각했던 장지 숲,
지하철 역사에서 만난 노숙자에게도
눈을 번뜩이며 시상을 구했던 밤의 적막,
나는 한때 온통 시어를 구하기에 미쳐있었고
행복했고,

내가 간택한 시어들은 결코 한 번도 나를
배반한 적이 없었고
더욱 행복했고,
그들에게 이미지의 옷을 재단해 입혀 주며
메시지가 소스로 양념 된 밥을 먹여 주며
옹알이를 하던 내 시가 나날이 성장하고

몸무게를 늘릴 때마다 행복은 극치로 치달았고,
배부른 소크라테스의 웃음을 웃으며 나는
이미 충분히 행복했으므로 행복을 잊었다

어느 날, 시정부詩政府부터
내 시들에게 건강검진을 받게 하라는 통보가 도착했다
오래 산 그들의 건강이 염려스러웠으므로
나는 시인들이 줄지어 서있는 보건소 접수대에서
비로소 초조해지기 시작했다
내가 보기에도 너무 살이 쪄버린 내 시들은
추할 정도로 비만이거나, 배만 유달리 볼록 튀어나왔거나
두터운 이미지의 화장에 짓눌리거나 지나치게 성형수술
에 길들여져
애당초 어떤 얼굴이었던지 자신들조차 몰랐던 것이다

맨살의 정갈한 뺨
투명한 실핏줄이 드러나는 피부
홑겹 광목천에 감싸인 부드러운 어깨선
치장한 적 없기에 나 스스로가 확실한
다른 시인들의 시들은 도도하고도 눈부시게 아름다웠다

내 시들도 이미 눈치 챘는지
칭얼대기 시작했다, 다리가 아프다고,
두통이 심하다고, 화장실에 가야겠다고,
나는 그들을 줄줄이 업고 다니며 달래야만 했다

건강검진 결과는 자명한 일
한 시는 중등도 비만이므로 긴급 다이어트 처방을,
다른 시는 지방간으로 긴 휴식을,
관절염이 심해 스스로 걷지 못하는 시는 재활의학과에
입원을,
더구나 끔찍했던 것은
많은 시들에게 안락사를 권고받았다는 것이다

나는 뒤늦게 파양을 결심했지만, 그리하여
그들을 지혜로이 돌보아 줄 현명한 시인들에게 맡기고
싶었지만
지나친 성형수술로 주름진 이마며
화려한 화장이 얼룩진 사이로 드러나는 기미며
씻긴 적 없기에 방치된 목에 낀 때를 보는 순간,
누구도 받아줄 것 같지 않은 예감에

연민으로 목이 메었다

온갖 생을 나에게 작부로서 바쳐온 퇴기들을 보듯
그들에게 나는 보건소장의 처방대로 해주기로 했다
그것만이 내가 그들에게 해줄 수 있는 마지막 정분이려니

내 시들이 사육된 축사 문을 열자
어? 무엇인가
축축하고 어두운 물들이 내 눈에서 떨어진다

이상한 상징을 죽이다

빌어먹을, 80년대에 태어난
정수리 피가 안 마른 시인들이 쓴
괴상한 시들을 읽다가
그들이 겨눈 '특제 개인 상징'이라는 총알들에
정확히 가슴이 관통하여
피투성이가 된다
간신히 지압하고
박힌 상징의 파편들을 빼내어
요 녀석들, 들여다보고 있자니

made in individ
추적 불가한 걸 보니 사제 총탄인 모양

요모조모 섬세하게 탄피를 제작은 했는데
속은 텅 비어있다, 원래
속 없는 포장만 요란했는지
뒤집어 보니 빈 내부에도
머리통만 있다, 그 안에 뭐가 있었는지
세끼 밥을 먹고 쑥 쑥 몸 키우는 위도 있었는지
건강한 배설을 위해 콩팥과 장도 만들어 놓았었는지

도시 모를 일

부지런히 허파를 열어
고요한 첫 아침의 동해 바다를 숨 쉰 적이 있었는지
달빛 묻은 산골짝에서 계곡 울음소리에 목욕한 적 있었는지
이육사 묘소의 영그는 칠월 청포도빛 햇살에 경배한 적
있는지
사위는 연탄불 위에서 소주를 마시며 자신의 심장을 꺼내
가난한 후배에게 안주로 공양한 적 있었는지, 양심은 있어
스스로 급조 제작한 불량 유사품이란 걸 알고는 있는지
아직 탄환 냄새가 가시지 않는
이상한 상징의 잔해들을 손으로 꼭 눌러 목을 비틀고
악, 소리 날 때까지 때려잡고
베란다 창문을 열어 던져버린다

속이 후련하다

지루한 본질도 죽이다

젠장, 4·19와 6·25를 경험하다 못해
입만 열리면 혁명의 함성과 전쟁의 참화
실존의 기투와 피투성이가 되었던 시들의 현장을 곱씹어
이제는 너덜거리는 오징어포 안주 어군語群이 되었거나
켜 놓을 때마다 방전될 만큼 성능 약한 유성기가 되었음직한
원로시인들은 4·19와 6·25를 사회시험에서 치른 우리에게
역사의식 부재자라고 힐난함과 동시에
현실인식 채무자임을 상기시키다 못해 강권한다, 하물며
시는 역사보다 철학적이라고 설파한 소크라테스를 부활
시키고
본인들은 이데아의 원향 플라톤의 혈족임을 웅변하고
아리스토텔레스의 시학이 역시 시론의 진수임을, 어쩌면
고장도 나지 않고 조사 하나 빠트리지 않고 반복 재생한
다, 더불어
두보와 이백의 이끼 낀 운율을 아직까지 교과서로 삼고
툭하면 에즈라 파운드의 파워와 엘리어트의 엘리트 사상을
윌리엄 블레이크의 브레이크 잡을 수 없는 미학 운운
시의 스승으로 섬겨야 한다고 웅변한다
또한 그들은 잊을세라, 맨 마지막에는 으레껏
만해 소월이 일궈놓은 우리 고유 서정을 홀대하는 날품팔

이 시인들

  호통하며 우리의 뺨이나 엉덩짝을 짝 짝 친다

  시에도 기승전결이 있어야 하고

  조강지처인 메시지와 이미지라는 눈살 야무진 애첩이 있

어야 하고

  감동을 호화 궁궐로 지으면 후경으로

  맑은 연못의 여백이 놓여야 한다는 그들의

  열변은 85g짜리 종이 329쪽 단행본 상하권으로 분류

  시의 본질 입문편과 심화편으로 나뉘어

  시인 필독서로 재판까지 찍어서 증정용으로 보급한다는데

  시에 사진까지 첨부되고 해체시, 환상시, 구체시 등이

등장하는 시대에

  이 책들은 너무도 많은 비애를 팔아버려

  비매품이 나이라 비애품이 되었다는 후일담이 들리는 것은

  나의 책장에 꽂히기도 전에 한 달 지난 신문지들과 함께

  폐지로 분리수거되었다는 것이

  이를 입증하는 것이리라

시 빵을 굽다

2급 시 조리사 자격증을 수여받은 날,
시 빵을 구워냈다

삼 년이라는 맵고 시큼한 시간들이 소요되었고
간질처럼 열병을 앓게 했던 도깨비불이 불쏘시개였으며
간혈적인 말더듬, 흐릿한 시력, 하얀 불면, 죽을 듯
호흡곤란, 그런 것들이 시 빵 재료로 쓰였다
상한 언어들을 가는 체로 걸러낼 때 힘겨웠고
무성한 이미지의 오븐을 예열할 때 불안했고
덜 익은 상징이 될까 봐, 바싹 탄 알레고리로
불량식품이 될까 봐 노심초사하였다
기다리는 내내 꾹 참지 못하고
열두 번도 더 오븐을 열었다 닫았다
둥근 모양을 네모로 고치고
식상하지 않은 향료를 첨가하고
군더더기 메시지를 잘라내고
조바심치는 비유의 즙을 발라대었다
당도 높은 랑그Langue도 소스로 솔솔 뿌렸다

겨우 빵이 만들어졌다

맛깔스런 시대의 문학을 공급하겠다고
예술철학적 노동자로 무급 봉직해 온 세월의 식탁 앞에
우두커니 앉는다

누구도 함부로 사지 않을 빵빵하지 못한 시 빵!
나 혼자 눈물에 찍어 시식할
두려운 새벽이 밝아온다

수박

한눈을 팔았는데
어둠의 몸속에 들어와 있었다
쏟아지는 세상을 피하려
발을 더 디밀어 넣었는데
서랍들이 들어찬 지하 동굴이었다
곰팡이 슨 역사 뭉치와 오래된 자유와 시든 신념
반 열린 추억이 들끓는
시詩 창고에 갇혀버렸다

영영 꿈에서 빠져나오지 못하고
허우적이며 읽고 던지고, 쓰고 던지고,
홀로 던지고, 슬프고 던지고, 쓸쓸한 지경
던지고, 적막을 던지고, 다시 읽고
던지고, 다시 쓰고 던지고

그리고,
외로웠다

평생 밖을 욕망했는데

아뿔싸, 나를 가둔 강박으로

단단한 무덤이 완성되었다.

오래된 질문

파란색 볼펜은 냉장고의 심장을 겨눈 적이 있습니다
쓰기 위해서, 시인이고 싶어서, 잊히지 않고자,
휘어지는 밤에 홀로 일어나 이십 년을 깎고 벼리고 다듬은
파란색 볼펜 심지를 돋운 적 있습니다

고등어 떼로 흐른 문장의 아가미를 물어뜯고 잠적한 냉장고
시든 여름 시금치 등뼈가 시시한 이미지로 말라가는 냉장고
폭풍과 뇌우를 베낀 언어를 배추 지느러미로 겨우 끌고
온 냉장고
  슬프게 변색한 돼지 엉덩이 살이 메시지의 부력으로 뜨
는 냉장고

그 냉장고에 어울릴까
칸마다 행간에 메콩강 바람을 붙이기도 하고
낯선 환유의 물그림자를 화려하게 만들어 넣기도 하고
손톱이 길어진 허공을 깁는 주술적 상상의 묘사를 잡아오
기도 했습니다
  아차, 급조한 냉동 상징을 두드려 조각해 내기도 했지요

시적 사건을 만들어야 하니까, 써야 하니까, 시인이니까

냉장고 소리로 천천히 표백되는 하이에나 울음을 세우기도

냉장고 색채로는 끝 간 데 없이 상한 분홍인 벚꽃 더미를 그려 넣기도

냉장고 육체로는 야윈 욕정의 시월 저녁을 불러내 부풀리고

냉장고 생일에 쭈그러진 사선으로 타오른 내 입술을 담기도 하고,

어울릴까, 어스름 해금 곡조를 운율로 찾기도 한 적 있습니다

딱 한 번, 딱 한 편, 딱 한 정분, 딱 한 눈물,

딱 내 냉장고에 어울리는

딱 내 파란색 볼펜이 지어내는

딱 내 시를 위해

내 냉장고를 내 파란색 볼펜으로 기꺼이 몇십 번 죽여야 하는

내 비린 운명을 목도한 적이 있습니다, 이러면

시인입니까?

초시모스의 환상

시를 굽다가 잠깐 잠이 들었나 봐, 미안
날씨는 덥고 나무 그늘들도 어디선가 오수를 줍다가
매미가 부려놓는 소리에 잠겨 들었을까, 조용한데

누군가 나를 찾는다고 했지? 어디 있더라
실은 나도 나를 찾고 있는 중이거든

가끔은 외출로 표시해 놓지 않고
덜컥 영혼의 바다로 나설 때가 있지
날씨는 덥고 태양에 지쳐 흘러내리는
파도 그림자는 끈적이고

먼 수평선에 단호히 피어있는 구름
한 다발이 눈부셔 포말을 씻고서
소금에 절이는 것도 잊은 채
달려들어 안기고 빨아먹다 보면
웃겨서, 내 몸의 사방에서 치솟는 미역 손톱들이며
고래의 잔등을 어떤 뿔로 막을 수 있겠니

꿈에 잠깐 들었나 봐

사방은 어둑신 보랏빛 저녁
모두가 잠들었었는지
백 년이 스친 왕궁은 어금니로 잠겨있고
단호한 벽돌을 움켜쥔 이끼들이
시간의 아가미를 드러낼 때, 미안

네가 백 년 후의 나를 찾아낼 줄 알았지
그래, 너일 줄 알았지

그런데 백 년 전의 나잖아

내 안에서 꿈쩍도 않고 시들지도 않는
신전을 볼 때가 가장 끔찍해

(무서운 천사가 종이 욕망으로 오르는 계단을 두드린다)

고백의 방

분주한 일상에 덜미 잡혀
시집을 마음 놓고 읽지 못하는데
시인들이 시집을 보내온다

봄 내내 책상 위에 쌓인 열아홉 권
시집 중 몇 권만 읽을 수 없다
몇 편만 골라 읽을 수는 더 없다

그들이 눌러쓴 바위의 세월을
단 한숨, 티끌 시간에 다 읽을 수는 더더욱 없다

봉투에 연둣빛 봄바람을 흘릴세라 넣고 봉해
내 주소를 마음으로 꾹꾹 눌러 긴히 쓰고
우체국으로 향했던 구름 발자국들을 마다할 수 없다

울음을 적던 폭우의 여름밤 자갈과
소슬바람이 거둬가던 순정의 가을 저녁과
퍼붓던 함박눈이 남긴 흰 여백에 시어를 살피던 새벽녘을
무릎 꿇어 기억하지 않을 수 없다

시집의 맨 마지막 페이지를 펼치자
땀내 절은 시인의 절뚝이는 복숭아뼈가 드러난다
차마 만질 수 없는 결곡한 시간 덩이들이
환하게 아프게 피멍으로 점점 찍힌 채!

제5부 처음같이 이제와 항상 영원히

아줌마 분식집

가톨릭의대부속 대전성모병원에 근무하던 때
야근을 마치고 이른 아침마다 밥을 먹던
병원 골목 '아줌마 분식집' 식당에는
나 말고 한 청년이 더 있었는데
항시 라면을 먹는 그는
밑반찬 깍두기나 노란 무는 손도 대지 않았다

수개월 지나 수인사 나눈 사이가 되었을 때
라면 국물까지 다 마시면서 깍두기 안 먹는 이유를 묻자
그 청년, 병원 보일러실에서 일 마치고 전문대 수업 가는데
점심값 아끼려면 아침으로 저녁까지 때워야 하는 상황
무를 먹으면 빨리 소화될까 봐
참는 거라고

분식점 밖 3월, 봄바람은 못내 쌀쌀했고
목련 꽃봉오리 하얀 입술들은 완강히 닫혀 있었다

후로도 청년과 나는 매일 그 식당에서 아침을 먹었고
청년의 상에는 고집 센 주인에게 소박맞은
깍두기 노란 무 언제나 그대로였다

결혼하면서 병원을 사직하던 날
분식점에 들러 아줌마에게 적당한 돈을 드리며
청년의 아침을 곱빼기로 주십사 부탁했다

삼 년쯤 흘렀을까
아이를 출산하려 고향 집에 들렀다가
라면 맛 그리워 그 식당에 우정 가게 되었는데
반가워하는 주인아줌마
목각 인형 브로치를 내어준다

보일러공 청년은 대학 졸업 후 병원을 떠났고
언젠가 내가 들르면 전해 달라는 선물이었다고

가난했지만 가장 빛나는 시절에 먹었던
라면이 왜 맛있었는지 나는
그날 라면을 시켜 먹으며 알게 되었다

나로 인해 깍두기 안 먹는 까닭을 알게 된
아줌마는 내가 지불한 금액 말고도
청년에게 곱빼기 식사를 연일 대접했을 것

애 낳으려면 많이 먹어둬야 혀,
푸짐한 양은 냄비를 들고 오는 아줌마 앞치마에도
목각 인형 브로치가 습벅한 청년 눈망울처럼
글썽이며 반짝이고 있었다

나의 하나님

네 시간 강의를 몰아 한 금요일 저녁
일용할 양식비 강사료 십만 원을 단단히 주머니에 넣고
대전 중앙시장 정류장에서 환승버스를 기다린다

수많은 배부른 사람들이 오고 가고
수많은 걱정 없는 사람들이 오고 갔을
대전역 쪽 비좁은 인도 귀퉁이
떨이해 줄 야심찬 손길을 기다리는
할머니, 굵은 파 주름이 아니었다면,
나는 꿇어앉아 남은 시금치 모두를 산다

버스들이 내뿜는 한숨 진 헤드라이트가 비친
은박 돗자리 위에 손톱 깎기, 수세미, 때밀이 수건,
음각 지며 하나씩 알몸을 드러낼 때마다 저 노인
꾹 다문 돌 입술이 아니었다면,
나는 꿇어앉아 주섬주섬 쓸데없는
편지 봉투 한 묶음까지 산다

어림잡아 쓴 돈은 일 만원
그렇다면 강의료 십 만원을 벌어

십일조를 확실히 한 셈

미약한 내 노동의 대가로, 그러나
무릎 꿇어 신성하게 십일조 헌금을 바쳤다면
시금치 할머니와 잡화상 노인은 맞다,
나의 하나님이시다

비정년

마침내
허구한 날 주야장천 시간 강의만 하던 대학의
전임교원이 되었다
채용공고가 나고 일주일을 꼬박
연구실적 목록을 복사하고 졸업증명서 성적증명서
재직증명서 기타 등등을 준비하고
공개강의 면접까지 치르고
전화기만 노려보던 시간이 무섭게 지나
호호로 와라,
연구실 열쇠를 받고
감격으로 떠는 직원 카드를 지갑에 넣었다

내 공간이 집 말고 또 생겼다는 것
내 이름이 소속단체에 확실히 새겨졌다는 것

갑자기 어깨에 주먹 크기의 자존심이 들어차고
얇은 목에 소형 깁스가 둘러지고, 그렇게
신기한 행복이 들이닥쳤는데

문제는 딱 2년이라는 데 있다

비정년 계약 약정이므로
보장 기한 2년만 누려야 한다

그럴 수 있겠는가,
마음껏 즐길 수 있겠는가,
2년만 보장되는 비정년 노동 기한을
2년 후에 용도 다한 꺾인 빗자루로
청소 중인 복도에 버려질지도 모르는

그런데 아차, 이보다 더한
무한 참혹한 근로 조건이 있었군

언제 죽을지 모르는 비정년 생명 기한

동료 교수 문상을 가서 밤새 연민으로 애통해한
심호택 시인이 귀갓길에 교통사고로 운명을

달리했다는 소식을 아프게 접한 밤

죽음에 관한 한 최소 2년이라도 나는 확실히
보장받은 적 있었던가 말이다

소심주의자의 하루

지하철에서 오랜만에 앉았는데
내 앞에 서있는 이 여자는 나보다 나이가 들었을까,
백발에 주름에 자꾸 마음이 긁적여진다
그녀가 든 짐 보따리는 태산이다
자리를 양보해야 하나 짐을 들어줘야 하나
열 번쯤 고민들이 정차하고 승차하고 망설이는 사이
그녀는 하차한다

역사를 빠져나오는데
가을에 맞지 않는 지나친 외투 차림 노인이
금 간 썰물 바닥에 빈 조개껍데기마냥 엎드려 구걸한다
바구니엔 좌초한 동전 몇 닢, 먹다 해진 삼립빵 조각,
아뿔싸, 지갑을 열자 천 원짜리가 없다
만 원에 새겨진 세종대왕이 오늘따라 왜 근엄한지
초록빛 수평선 화폭을 접었다 폈다, 해풍에 떠밀리다 결국
세종대왕님을 지갑 선실에 고이 모시고
절벽 계단을 가까스로 올라선다

강의실에 도착했는데
교탁에 고급 커피 한 잔이 놓여 있다

117

노란 쪽지엔 날씨가 추워졌어요, 교수님, 힘내세요!
따듯한 응원 한 잔이 김영란법에 저촉된다는 경고 기사로
쌀쌀한 차단벽 너머 팔을 오르내리는 사이
창밖으로 조락하는 포플러 잎을 바라보다가
커피를 가져다 놓은 범인을 찾아
유죄 판결문을 낭독한다

간신히 하루를 마치고 귀가,
청탁 시를 쓰는 밤, 컴퓨터를 마주하고
오늘의 구보 씨는 얼마나 소심했을까
이렇게 얼마나 살아야 할까,
이런 이야기가 시가 될까,
주저리 깜빡이는 커서에서 황망히 방황하다가
뉘우치고 뉘우치며 전원을 끈다

반성문

아랫집으로 이사 오신 할아버지
아침마다 경비실 앞 의자에 앉아계신다

초등학교 적부터 고등 시절까지 도덕 윤리 점수 만점인 나
자동화 예의범절이라면 전국경진대회에서 금메달감인 나
"안녕하세요?"
갓 피어난 수수꽃다리 향기 걸음으로 건네는 인사
마음의 톤 높여 소프라노로 율동을 곁들인 인사
받지 않으신다, 섭섭해진다

다음날 아침, 어제의 민망을 잊고
또 인사드린다, 쾌활한 햇살 부풀리고
양손 가득 싱그러운 오월 바람을 넣어
경쾌 상쾌 유쾌한 어깨 곡선 잔뜩 구부리며
"안녕하세요?"
또 받지 않으신다, 어제보다 더
눈꼬리 올라간다

며칠 후,
요즘 들어 핸드폰 손에 쥐고

핸드폰을 찾는 망각의 선수인 나,
그간 정황을 하얀 밀가루 도포 쓰듯 잊어버리고
처음 뵙는 것처럼 명랑 청량하게
느낌표 남발하며 인사드린다,
외면하신다

다시는, 다시는 이런 수모 당하지 않으리라
가슴 쥐어뜯는 내 앞에 나타난 수호천사 경비 아저씨

"601호 할아버님, 월남전에서 시력도 청각도 잃으셨다네요."

수치심이 무한정 상승하고 연기가 모락모락 나는
붉은 얼굴을 간신히 구겨 든 채, 나,
아득한 아파트 계단 내려선다

아이들을 쑥 쑥 낳고 기르신 저분을
일제강점기와 전쟁과 혁명과 시련의 역사를 짊어지신 저분을
주름의 고랑에 눈물 밭 일구셨을 저분을

알아주지 않는다고

고개 숙여 인사드렸던 것이 무어 속상하다고, 내가

안녕하세요? 세 번 외쳤던 것이

그분께서 절실하게 외쳤던 굽이굽이 삶에 뭐 가당하다

고, 내가

오자誤字에게 감사함

스물한 살 대학생일 때
가슴에 정의라는 꽃들이 개화 만발할 때
아현동 달동네 야학에서 영어를 가르쳤다
나이가 들쭉날쭉한 아이들 중
중국집 배달 일을 하느라 지각 대장이던 막내 문수가
졸업을 하며 내게 준 카드엔
"I live you!"

"I love you"보다 지독한
당신을 산다는 당신을 살고야
말겠다는 비장의 연서는 빨강 글씨로 내내
내 가슴에 새겨져 불타올랐다
그 이후 받은 모든 프러포즈는
무효가 되었다

인터넷에서 시를 검색하다가
십 년 전에 쓴 내 시를 읽게 되었다
"어느 날 문득,
문득이라는 단어만 남겨 두고
사라지고 싶다."

무거운 날에 쓴 시가
"여느 날 문득,
문득이라는 단어만 남겨 두고
살아지고 싶다"로
무한정 밝게 살아가고 있었다

나는 처절하게 어느 날 사라지고 싶었는데
누가 여느 날도 꿋꿋이 살아지게 했을까.
문득 외에 모든 시간을
당당히 감당하도록
내 운명을 힘차게 바꿔놓았으니
그래, 무혐의, 확실하다

평화로운 밤, 슬픈

초파일 밤이 저문다
휴일을 준 석가 덕분에 낮잠을 실컷 잤고
밀려있던 원고를 썼고 이불 빨래를 해 널었고
사놓고 듣지 못했던 임재범의 '고해'를 물리도록 들었고
모처럼 아산에 사는 언니와 수다를 떨었다

비가 오나, 그것도 소낙비가,
아스팔트 위, 타이어를 스치는 습기 찬 소리

비가 그쳤나, 아파트 화단을 배회하는
고양이가 젖은 어둠을 끄는 느린 발자국 소리

두통이 일듯 적요한 고요가 배는 창가로
앞 동 아파트 불빛들이 연화등 같다
약속받은 이상향처럼 반짝이며
빛나는 긍휼로 마음이 번쩍
그쪽으로 뻗는다

일용한 하루,
그저 태어난 것만으로도

푸짐하게 자비를 베푼 사내의 마른 맨발에
엎드려 입 맞추고 싶은 자정 녘

세상은커녕 나 자신도 구원하기 힘들어
나 하나 욕심내어 진종일 살았지만
남은 게 없는

슬픔이 출출하다

구름 경전

구름에도 격이 있다

하늘을 통째로 전세 살지 않는 겸양과
노을에게 기꺼이 아름다운 마지막 어깨를 양보하는
미덕이 있다

겨울 산을 넘나든 새 떼들의 능선을 방해하지 않으며
맨살로도 추위에 떠는 바람을 품어 안는 관대함도 있다

한때는 사춘기 소녀의 현몽이 되기도
이별의 낭송가들에게 글썽이는 그늘 난간이 되어주기도
면적이 없는 노숙자의 마음을 덮어준 이불이 되기도 하
였으며
뭇 화가들의 시심을 밤새 매만져 준 젖꼭지였으리라

한 해가 지며
구름도 진다

계절 내내 앓아오고 함구하고 비켜온
낡아진 구름의 날개 뼈들을 거둘 시간

그을음 구름, 부스럼 구름, 얼룩 구름, 벙어리 구름 들
오늘은 함박눈으로 퍼붓는다

세상이 온통 하얀 구름의 화술이다

헐벗은 나무들, 그 문법을 들으며 한 겹씩
굽어진 경전을 피워 내고 있다

세모의 얼굴

시인의 밤이 야윈다는 건
계절이 해안선으로 굽어진다는 것이리라

남편을 화장하고 남한강에 오래 머물렀다는
친구 전화가 덜컥이며 화물칸 짐짝으로
구르는 사이

눈발은 차창 속 백발로 흩날린다

오래된 역들이 어둠과 서성이다 빠르게 지나가고
플랫폼 철로 실핏줄들은 비명의 끄트머리에 오도카니 모
여있다

올해도 행복을 적은 편지는 끝내
쓰지 못할 것이다

수많은 나를 두고 떠나야 하는 결심을 하는 동안
연말을 알리는 바람들이 껍질을 벗고 있다

텅 빈 새 떼가 날아간다

―이번 역은 종착역인 부산역입니다

썰물 시간이 차오르는 얇은 냄새에
울음을 참는 바다의 어깨가
창백하다

남는다

장미를 보고
지나치면
장미가 남는다

사랑을 읽고
지나치면
사랑이 남는다

보고 읽고도
남는 허무를
만지다 놓고 지나치면
허무도
남는다

오르골, 반복되는 시간 속에서 사라지고 살아나는 노래들

오르골은 일정한 음악이 자동 연주되는 음악 완구입니다. 두산백과사전을 보면, 오르골에 대한 설명이 이렇게 나와 있습니다. 자명금自鳴琴이라고도 하며, 길이가 다른 금속판을 음계 순으로 달고, 이에 접하여 가시와 같은 바늘이 촘촘히 붙은 원봉을 부착해서 태엽의 힘으로 원통을 돌리면 바늘이 금속판을 튕겨서 소리를 내도록 장치되어 있다고요. 원통에 부착한 가시의 위치를 달리해서 여러 음악을 연주하게 하는데 소형이어서 음의 템포, 정확한 음계 등의 조정이 어렵다는 점도 부기하고 있습니다. 그러하지요. 오르골은 악기가 아니라 음악 소리를 재현해 내는 완구라는 점,

그리고 작은 사물이어서 정확한 음정 등 조절이 어렵다는 점들이 특이 사항으로 설명되어 있습니다.

저는 아주 오래전, 생일 선물로 받은 오르골을 좋아해서 쓸쓸한 상념에 젖는 저녁이나 밤이면 자주 태엽을 감습니다. 그러면 그 오르골 안에서 깊이 잠자던 소녀가 두 팔을 들고 원반 위에서 선율에 맞춰 춤추기 시작합니다. 또랑또랑 우물 안에서 연주하는 듯한 맑은 음계들이 기다렸다는 듯이 무심을 툭 털고 돌아갑니다. 이 신묘한 노래 상자 속에서 튀어 오르는 무한 위로가 저에게 곧바로 도착합니다. 이 오르골을 선물 받았던 날로 달음박질해 갑니다. 아버지, 엄마, 오빠와 언니들 사이에 앉아있는 저는 초등학생입니다. 엄마가 만들어주신 백설기 시루떡도 보입니다. 생일 축하 노래도 들립니다. 공부를 좀 잘해서 경기여중에 넣겠다고 서울대를 다니던 큰오빠의 강압적인 권유로 서울 사립 금성 국민학교로 강제 전학해 간 시골 소녀. 그래, 아니야, 라는 기본 서울말을 못 배워서, 기여, 아니여, 라고 아직 충청도 서산 사투리를 쓰고, 놀아주는 친구가 한 명도 없고, 내 진한 사투리에 웃음보가 터지는 그들에게 주눅 들고, 아이들이 엄마 손을 잡고 다니는 모습에 심술 나고, 오빠들이 모두 귀가하지 않은 서울 면목동 집에 하교 후 혼자 앉아있으면 골목 밖에서 엄마, 라고 부르는 여자아이의 목소리에 울음보가 터지던 그때 그 시절로 내달립니다.

아버지께서는 서산농고 교장선생님으로 계셨고, 대학과 고등학교를 다니던 오빠들은 서울에 집을 구해 자취를 했고, 엄마는 서산과 서울을 오가며 두 집을 돌봐야 하셨지요. 초등학교 4학년 어린이날, 공군에어쇼를 금성 티브이에서 신나게 보다가 저의 장래를 계획하려 하경한 오빠들 손에 잡혀 저는 납치 수준으로 득달같이 상경했습니다. 제 책상이 없어 오빠들이 쓰는 의자 위에 책들을 일곱 권이나 얹고 방석을 놓아야 겨우 책상 높이에 제 키가 맞았고, 서울 지리를 몰라 버스를 갈아타며 창밖을 수십 번 노려보아야 했던 때였지요. 서울로 멀리 유학 간 막내딸을 위해 시루떡을 해 머리에 지고 오신 엄마로부터 어디서 구했는지 저는 오르골을 선물 받았습니다. 모처럼 서울과 서산 가족이 모두 모였던, 웃음이 폭죽으로 터졌던, 전혀 외롭지 않았던 생일날이었습니다.

이후 그 노래 상자는 제 외로움을 함께한 친구가 되었습니다. 서울에서 서산이 얼마나 먼지를 지도 속에서 색연필로 그어보며 울던 날, 집으로 갈 수 있는 방학이 얼마나 남았는지 하루하루를 세어보던 날, 중학생이 되고 세상의 부조리와 모순에 가슴을 태우던 날, 늦게 방문한 사춘기를 혹독하게 치르며 마음이 아프다고 조퇴하던 고등학생 어느 날, 약대 실험복을 입고 교내 시위에 참여했던 팔십 년의 봄날, 암 수술을 위해 입원 짐을 싸던 겨울 아침, 딸아이가 실명 직전에 수술을 하고 눈을 붕대로 감고 나오던 날, 그 모든 날들에 이 오르골 음악을 켰습니다. 두 손을 번쩍 들고 항복하는 듯한 포즈로 춤을 추는 오르골 소녀를 들여다보며, 두 손을 든 '항복'이 '행복'이라는 것을 알았습니다.

오르골 소녀는 저를 기다렸다는 듯이 음악에 맞춰 춤을 추고, 저를 아무런 근심 걱정 없는 초등학생 생일날로 데려다주었습니다. 박수 소리, 축하 노래, 오직 제가 인생의 주인공이던 그 저녁으로 안내해 주었습니다. 오르골 음악을 들으며 저는 충분히 순수한 위로의 세례식을 치를 수 있었습니다. 그 이후 시인이 되어서도 오르골을 들으며 백석의 시절로 가보기도 하고, 연극 무대를 설정해 보기도 하고, 실연을 한 여인의 중얼거림을 시연해 보기도 하면서, 공상과 환상과 온갖 상상을 해가며 시를 쓰기 시작하였습니다. 그래서 오르골 연작시들이 만들어졌습니다. 제가 『작가마당』에 발표했던 신작소시집에 대해 정덕재 시인이 쓴 작품론 「고통의 언어, 오르골 음색에 감염되다」 중 일부를 옮기어 봅니다.

오르골을 시로 끌어들인 김명원 시인은 하나의 작은 완구를 통해 우리를 백석의 시대까지 인도하고 있다. 올해는 백석 시인의 탄생 100주년이 되는 해이다. 작가가 남긴 흔적을 돌아보고 추모하는 것은 위대한 업적에 대한 예우이자 그 길을 걷는 문인들의 성찰이기도 하다. 그의 시 「오르골 3—백석」은 백석의 「나와 나타샤와 흰 당나귀」가 보여주고 있는 애절함과 황량함의 정서를 바탕으로 하고 있다.

왜 그대의 당나귀는 응앙응앙 울었을까요? 하얀 눈이 푹푹 내리고 있는데, 기꺼이 묻히고 싶은 하얀 눈보다 더 하얀 나타샤는 푹푹푹 내 몸에 내려 쌓이는데, …(중략)… 그대는 나타샤만 바라보지요, 나탸샤 역을 맡은 나는 그대에겐 없는 존재이지요. 나는 그대를 이렇게 바라고 있는데, 기다리는 저 당나귀 등 위로 기꺼이 올라타려 하는데. 죽을힘을 다하여 죽으려 하고 있는데요.

지금 창밖에 그대가 퍼붓는 눈이 푹푹 내려 온통 눈벌 집세상입니다.
지금 창밖으로는 그대가 애절해한 나타샤가 당나귀를 타고 내게 절뚝이며 옵니다.
연거푸 와서 내 목을 조르고 내 슬픔을 터뜨립니다. 이젠 내 순서라고 속삭입니다.
하얀 피투성이가 된 무대 위로 퍼붓던 인조 눈발이 몇 송이 더 흩날리고

우렁찬 박수 소리가 들립니다.

어찌할까요, 지금 막을 내릴까요?
　　　　　　　　　　　—김명원 「오르골 3—백석」 부분

백석이 『당시선집』을 뒤적이다가 이백의 시 「자야오가」를 인용해 기생 진향에게 「자야」라는 은밀한 이름을 붙여 주었든, 아니면 통영의 처녀를 그리워하면서 시심을 떠올렸든 그것은 중요하지 않다. 나타샤가 모든 남성의 여인이라는 점에서 더욱 그렇다.

「오르골 3─백석」에 등장하는 나타샤는 시인의 또 다른 얼굴이다. 그리고 그에게 있어 나타샤는 존재성을 고뇌하게 만드는 대상이기도 하다. 죽음의 언어를 떠올리고 '흰 당나귀' 대신 '검은 당나귀'를 등장시킨 것은 존재의 절대감을 적극적으로 부각시키기 위한 시적 환치라고 볼 수 있다. '죽을힘을 다하여 죽으려 하고 있다'는 시인에게 말을 건네는 당나귀는, 삶을 지탱시키는 위안이 자신을 지켜보는 관찰자의 모습으로 다가온다. 그 당나귀 역시 세파에 시달려 기쁨과 고난의 흔적을 안고 '절뚝이며' 걸어오고 있는 것이다.

또한 백석이 나타샤와 함께 가고 싶었던 깊은 산골과 그가 무대 위에서 홀로 서있는 모습은 산골의 '숨김'과 무대 위의 완전한 '드러남'을 보여 준다. 이는 백석이 봉건적 관습의 벽 앞에서 어쩔 수 없는 선택을 했다면, 그 또한 감추려고 해도 감춰지지 않는 현대사회의 개방성 아래에서 존재를 끊임없이 고민하는 항변이다. 그리고 박수 소리에 따라 삶이 흔적이 결정되는 세상의 평가에 대한 절규이기도 하다.

제가 누추하도록 반복하는 말은 시가 아닙니다. 시 이전
의 무릇 말 더듬, 눌 언어 이전의 하 몸짓, 낮은 몸짓 이전의 도
드라진 한숨, 사막 한숨 이전의 그 그 그 목울대 힘줄, 더듬거
리는 나의 주저는, 그 그래요, 아셨겠지만 노래도 아닙니다
—「오르골 2—시인적的」 부분

　　오르골 소리의 느낌을 시와 시인의 가치, 그리고 태
도로 접근하는 것은 눈여겨볼 부분이다. 시인이 오르
골에 천착하는 이유는 그것이 가지고 있는 매력 때문
이기도 하겠지만 시가 가지고 있는 천진함과 음악성
때문일 수도 있다. 시에 대한 다양한 정의와 학문적
연구가 모든 시를 대변할 수 없듯이 시의 음악성 또
한 그 악기가 들려주는 음의 색깔과 기능에 따라 다
양하게 변주된다.
　　아리스토텔레스가 언급한 그리스 비극과 노래와의
관계성처럼 시 역시 노래와 관련이 깊다. 하지만 시가
리듬이라는 음악성에만 주목하는 것이 아니라 시 정
신의 본령과 함께한다는 점에서 김명원 시인의 오르
골을 통한 접근은 상당한 의미를 갖고 있다. 본질적
으로 고통스러운 존재인 시인은 쉼 없이 말을 하지만
그것은 언어의 형태를 갖추지 않던 원시의 시원으
로 향한다. "시 이전의 무릇 말 더듬" "낮은 몸짓 이전
의 도드라진 한숨" 등의 표현을 통해 그것은 어렵지

않게 확인할 수 있다.

전체는 시작과 중간과 결말을 가지고 있다

—아리스토텔레스 『시학』 부분

언제나 시작이고 항상 끝이 날 뿐입니다

—「오르골 2— 시인적的」 부분

시작과 끝 사이에 항상 중간이라는 부분이 자리를 잡는다. 아리스토텔레스가 말하는 중간은 갈등과 해결에 대한 플롯 설명이다. 이야기를 풀어가는 과정에서 이 문장은 여전히 유효한, 그리고 앞으로도 유효할 것으로 보이는 명제이다. 하지만 시인은 고통스럽게 전개되는 갈등의 요소들을 제거하고 시작과 끝만을 말하고 있다. 시를 전개하는 과정에서 "노래도 아닙니다"라고 선언하는 것으로 갈등의 제거 의지는 역력하게 드러난다.

노래도 아닙니다. 당신을 끝내 그리다 조각난 호흡, 당신을 애걸하다 해진 손금, 당신의 부재를 헤아린 발자국들, 빗줄기만 무성한 녹슨 창틀, 문틈에 끼어있는 고양이 꼬리털, 회랑을 건너가는 나무 그림자, 긴 건기의 날들, 잔기침,

그리고 잘디잔 우울들뿐입니다

—「오르골 2— 시인적^的」 부분

말을 이어가지 못하고 파편처럼 튀어 나오는 수많은 단상들이 결국은 갈등의 고통을 견디지 못하는 존재, 혹은 '시인적^的'이라는 부제를 통해 시인의 모습을 극명하게 보여 주고 있다. 이렇게 갈등으로 시작되는 시인에 대한 존재적 고민은 또 다른 시 「오르골 1」에서도 나타나고 있다.

혼곤한 무게로 지탱해 온 시간의 후면에는, 내가 내가 아닌 듯, 그래요, 꽃을 든 환영의 사람이 살아나죠, 밤새 쓴 목격담의 시 속에, 시어^{詩語}들이 수백 수천 치어가 되어 날아가는 동안, 나는 사라지죠, 없는 내가 떠난 후, 길쭉이 남은 야윈 그림자가 비로소 서서 노래가 되죠

—「오르골 1」 부분

김명원은 시와 노래, 시어와 음악에 대해 말하면서 시인의 불안한 존재를 자주 성찰하고 있다. '사라짐'과 '남김'의 관계는 시인과 시어와의 관계이기도 하면서 인연에 대한 집착이기도 하다. 시인이 한 시대를 풍미한 시인을 그리워하는 것은 시인이 남긴 수많은 언어들이 남은 자들의 삶과 사고에 큰 영향을 미치기

때문이다. 김명원이 "내가 떠난 후, 길쭉이 남은 야윈 그림자가 비로소 서서 노래가 되죠"라고 말한 것은 나의 또 다른 자아로 그려지는 그림자의 존재성을 통해 그 관계를 이어보려는 욕망인 것이다.

하지만 김명원 시인이 불완전한 존재성을 끊임없이 말하면서 삶과 죽음을 넘나드는 정서를 시에 담아내지만 그것이 비극적이지 않은 이유는 오르골이라는 음악 완구에 시를 담고 있기 때문일 것이다. 완구라는 다소 장난기 어린 단어에 음악이라는 창조성이 결합하면서 죽음은 이미 순수성을 얻었고 고통은 더 이상 고통스럽지 않다. 그런 점에서 시인은 고통을 즐기는 아이러니, 혹은 밀착을 보여 주고 있는 것이다. 즉 오르골 연작시들이 죽음과 존재를 음악적 이미지로 접근하게 하고 있다.

시라는 욕망의 몸, 혹은 가없는 허무의 속살

시인은 시를 쓰는 사람입니다. 목매고 시를 기다리는 사람입니다. 시가 찾아오지 않으면 아무것도 아닌 사람입니다. 시가 무어라고, 경제적인 수단으로 쓸 수도 없고, 힘을 드러내는 권력적인 도구로도 활용하기 어렵고, 축적 재산이나 경력의 집적으로도 불가능한 걸 왜 그렇게 번민하며 공을 들이고, 애타고, 결별 선언을 당할까 봐 노심초사 하고 그러는 것일까요. 미처 발견해 내지 못했거나 혹은 놓쳐 버린 기막힌 사유든 인식을 다른 시인의 시에서 읽게 될 때, 온몸을 휘감는 환희와 질투라니요. 저로서는 도저히 감당되지 않는 깊이와 높이를 지닌 수 세기 전의 시를 암송하며 느끼는 전율이라니요. 그러니 시가 돈이 되지 않고, 그 흔한 인정 가치에서 배제된다 하여도 저는 어쩌지 못하고 시를 생각할밖에요. 시를 고민하고, 시를 감식하고, 시에게 구애하며 애걸할밖에요.

27회 국가시인고시 과목이 발표되었다

시험 1교시,

이승훈『시론』

폴 존슨『지식인의 두 얼굴』

마티아스 반 복셀『어리석음에 대한 백과사전』등

13가지 책자에서 무작위 선정 주관식으로

20개 문항 문제가 출제된다고 한다

시험 2교시,

종합검진을 받아서 합격해야 한다

문화예술교육진흥원 창작지원사업에서 누락된 경우

원고료는커녕 잡지를 사주면서 시를 실어야 하는 경우

지명도 일 순위 출판사에서 시집 출간 거절을 당한 경우

각종 문단 행사 뒤풀이, 사교용 혹은 접대용 과음을 해

야 하는 경우

종내 웃으며 버틸 기초 체력검사이다

수십 명 시인들의 조기 사망 원인으로

'절망 심장 발작 증후군'이라는 병명이

규명된 이후 처해진 조치이다

시험 3교시,

적성검사와 심리테스트도 통과해야 한다
누가 알아주지 않아도 스스로 당당한
초강력 열정 구조를 가지고 있는 건지
돈벌이 제로인 시 창작 작업에 늘 행복해 할지
죽을 때까지 경쟁의식이 끊임없이 솟아나고 있는 건지
확실히 선별하는 시험 문제를 만들기 위해
정부기관에서 특별 연구소에 의뢰, 입증한 테스트들이다
가차 없이 걸려들면 2교시까지 공들인 탑이 무너지기
십상이다
뿐이랴, 학령기부터 써왔던 일기장 제출은 필수,
어디에 필요한 것인지, 주민등록등본,
학력증명서까지 첨부해야 한다

삼수를 하고 있는 우둔한 화자는
시인 전문 양성 학원에서 열심히 준비한
경쟁자들과 겨루어서 기필코
시인이 되어야 한다

국가에서 배급한 시인 배지를
가슴에 눈부시게 달고
고향 어귀 현수막에 펄럭이는
"축, 김명원, 국가 인정 시인이 되다"
바라보는 그날까지 이까짓

시고시원詩考試院에서의 고생쯤

우습다

—「국가시인고시國家詩人考試」 전문

우스운 시입니다. 하지만 아픈 시입니다. 시인이 되고 싶어 하는 시적 화자는 '국가시인고시'를 치르기 위해 만반의 준비를 합니다. 시험 1교시에 지필고사를 치러야 한다는 것은, 시 창작에 왜 필요한지는 모르겠지만 막강한 이론서들로 무장을 하는 일부 시인의 지적 허세를 지적하려고 해서였습니다. 시험 2교시, 종합검진을 받아서 합격해야 한다는 항목에서는 문화예술교육진흥원 창작지원사업에서 누락된 경우 등 수십 명 시인들의 조기 사망 원인으로 '절망 심장 발작 증후군'이라는 병명이 규명된 이후 처해진 조치라고 힘껏 문단 세태를 비틀고 있습니다. 시험 3교시의 적성검사와 심리테스트도 통과해야 한다는 조항은 인정받지 못해도 예술을 향한 초강력 열정 구조를 가지고 있는 건지, 돈벌이가 안 되는 시 창작 작업에 늘 행복해 할지에 대해 스스로 검열해 보자고 넣은 것입니다.

이재훈 시인은 『시와정신』 기획특집 「금강의 시적 흐름을 찾아서 – 공시적 맥락의 현역 시인들을 중심으로」에서 위의 시가 이 시대 시인들에 대한 서글픈 자화상이라고 해설하고 있습니다. '국가시인고시'라는 현실에는 없는 시험이 시인이 되기 위해서는 실제적으로 필요할지 모른다는 상상은 오히려 너무 사실적으로 읽으며, 시인의 명명을 얻은 후 시

144

단에서 겪어본 세월에 대한 솔직한 고백들이 풍자보다 역설의 언어를 통해 드러난다는 점을 강조하였습니다. 시인들의 지적 허영심과 시인으로서의 자존심과 통음의 사교를 버텨낼 마음의 체력이, 그리고 학력과 자본과는 무관한 적성검사를 이겨낼 시험들이 바로 그렇다고요. 자신의 이름을 명명한 시고시원이라고 했지만, 그것은 우리 모두의 시인들에게 통용되는 자화상인 것이라고 말이지요.

시의 마지막 부분에서, 어디에 필요한 것인지 주민등록등본과 학력증명서까지 첨부해야 한다는 것은 실력이나 능력보다 우선 외형적인 형성 조건을 염두에 두는 문단 등단제도에 대한 문제점을 저는 드러내고 싶었습니다. 《충청일보》 대일논단 「등단 제도를 다시 생각하며」에서 이형권 평론가는 등단 제도에 대한 비판을 날카롭게 적고 있습니다. 현재의 등단 제도는 등단한 작가들만이 문학 활동을 해야 한다는 암묵적인 규율로 인하여 폐쇄적인 문단 구조를 형성하며, 매체나 심사자를 중심으로 하는 문학 권력을 형성하여 문학장의 공정성을 저해하고, 신문사가 문예지의 상업성이나 이념을 충족시키기 위한 수단으로 활용된다는 점, 그리고, 모든 분야에서 경력보다 능력을 중시하고 경계를 해체하는 시대적 흐름과 충돌한다는 점 등을 문제점들로 들고 있습니다.

등단 권력에 편승하여 "삼수를 하고 있는 우둔한 화자는/ 시인 전문 양성 학원에서 열심히 준비한/ 경쟁자들과 겨루어서 기필코/ 시인이 되어야 한다// 국가에서 배급한 시인

배지를/ 가슴에 눈부시게 달고/ 고향 어귀 현수막에 펄럭이
는/ "축, 김명원, 국가 인정 시인이 되다"/ 바라보는 그날까
지 이까짓// 시고시원詩考試院에서의 고생쯤/ 우습다"로 마
무리되는 이 시는 참으로 희극적이어서 비극적입니다. 마
음껏 풍자하고 나니 속이 후련하면서도 쓰린 심정이라고 할
까요? 출판 시장의 형성에 따라 자연스럽게 좋은 시인을 소
개하고 유통 소비하는 외국 선진국처럼 우리는 시적 역량에
만 주력하면 안 되는 것일까요? 언제까지 각종 신문사들의
신춘문예에 세월을 담보하고, 유수 전문 시지의 신인문학
상에 계절을 잃어야 하는 걸까요?

    빌어먹을, 80년대에 태어난

    정수리 피가 안 마른 시인들이 쓴

    괴상한 시들을 읽다가

    그들이 겨눈 '특제 개인 상징'이라는 총알들에

    정확히 가슴이 관통하여

    피투성이가 된다

    간신히 지압하고

    박힌 상징의 파편들을 빼내어

    요 녀석들, 들여다보고 있자니

    made in individ

    추적 불가한 걸 보니 사제 총탄인 모양

요모조모 섬세하게 탄피를 제작은 했는데
속은 텅 비어있다, 원래
속 없는 포장만 요란했는지
뒤집어 보니 빈 내부에도
머리통만 있다, 그 안에 뭐가 있었는지
세끼 밥을 먹고 쑥 쑥 몸 키우는 위도 있었는지
건강한 배설을 위해 콩팥과 장도 만들어 놓았었는지
도시 모를 일

부지런히 허파를 열어
고요한 첫 아침의 동해 바다를 숨 쉰 적이 있었는지
달빛 묻은 산골짝에서 계곡 울음소리에 목욕한 적 있
었는지
이육사 묘소의 영그는 칠월 청포도빛 햇살에 경배한 적
있는지
사위는 연탄불 위에서 소주를 마시며 자신의 심장을 꺼내
가난한 후배에게 안주로 공양한 적 있었는지, 양심은
있어
스스로 급조 제작한 불량 유사품이란 걸 알고는 있는지
아직 탄환 냄새가 가시지 않는
이상한 상징의 잔해들을 손으로 꼭 눌러 목을 비틀고
악, 소리 날 때까지 때려잡고
베란다 창문을 열어 던져버린다

속이 후련하다

　　　　—「이상한 상징을 죽이다」 전문

젠장, 4·19와 6·25를 경험하다 못해
입만 열리면 혁명의 함성과 전쟁의 참화
실존의 기투와 피투성이가 되었던 시들의 현장을 곱씹어
이제는 너덜거리는 오징어포 안주 어군語群이 되었거나
켜 놓을 때마다 방전될 만큼 성능 약한 유성기가 되었음직한
원로시인들은 4·19와 6·25를 사회시험에서 치른 우리에게
역사의식 부재자라고 힐난함과 동시에
현실인식 채무자임을 상기시키다 못해 강권한다, 하물며
시는 역사보다 철학적이라고 설파한 소크라테스를 부
활시키고
본인들은 이데아의 원향 플라톤의 혈족임을 웅변하고
아리스토텔레스의 시학이 역시 시론의 진수임을, 어쩌면
고장도 나지 않고 조사 하나 빠트리지 않고 반복 재생
한다, 더불어
두보와 이백의 이끼 낀 운율을 아직까지 교과서로 삼고
툭하면 에즈라 파운드의 파워와 엘리어트의 엘리트 사상을
윌리엄 블레이크의 브레이크 잡을 수 없는 미학 운운
시의 스승으로 섬겨야 한다고 웅변한다
또한 그들은 잊을세라, 맨 마지막에는 으레껏
만해 소월이 일궈놓은 우리 고유 서정을 홀대하는 날품
팔이 시인들

호통하며 우리의 뺨이나 엉덩짝을 짝 짝 친다
시에도 기승전결이 있어야 하고
조강지처인 메시지와 이미지라는 눈살 야무진 애첩이
있어야 하고
감동을 호화 궁궐로 지으면 후경으로
맑은 연못의 여백이 놓여야 한다는 그들의
열변은 85g짜리 종이 329쪽 단행본 상하권으로 분류
시의 본질 입문편과 심화편으로 나뉘어
시인 필독서로 재판까지 찍어서 증정용으로 보급한다는데
시에 사진까지 첨부되고 해체시, 환상시, 구체시 등이
등장하는 시대에
이 책들은 너무도 많은 비애를 팔아버려
비매품이 나이라 비애품이 되었다는 후일담이 들리는 것은
나의 책장에 꽂히기도 전에 한 달 지난 신문지들과 함께
폐지로 분리수거되었다는 것이
이를 입증하는 것이리라
　　　　　　　　　　　　　　—「지루한 본질도 죽이다」 전문

　이란성 쌍생아인 두 시 「이상한 상징을 죽이다」와 「지루한
본질도 죽이다」는 시를 바라본 극단의 두 입장을 대비해 본
것입니다. 개인 상징을 남용하거나 낯선 기형 구조를 도입
하여 극도로 난해하여서 독자들과의 시적 소통 내지 교통을
의도적으로 방해하는 젊은 시인들의 시와 고답적인 낡은 전
통에 발목 잡힌 기성 시인들의 입장을 모두 해부해 보고 싶

었습니다. 물론 저는 '의사 이상李籍'의 입장으로 메스를 든 자의 횡포처럼 마음 놓고 자만해 보고 싶었습니다. 가끔은 이러해도 되겠지요. 사실 시인이 오만하면 얼마나 거들먹 거리겠습니까. 시의 본질이라는 것이 있는지, 있다면 어떤 것인지, 진정한 시의 주소는 어디인지 좀 냉철하게 담론화 해 보자는 정도이겠지요.

김백겸 시인은 시를 소재로 풍자한 시「지루한 본질도 죽이다」를 리뷰하며『정신과표현』「현자의 돌'을 쟁취하는 연금 기준」이라는 시평에서 풍자의 성공은 재미에 있다면서, 시가 지루하다는 발상은 팔리지 않는 지금 시의 위치를 드러내며, 시가 대량생산되는 현실만큼이나 시의 이론과 해석 창작방법이 난무하는 현실을 재미있게 풍자하고 있다고 해설합니다. 자신들의 시가 잡지에 한 번 실리는 것으로 끝나는 소비제품으로 전락한 시인의 당황을 엿볼 수 있는데 그 이유는 '지루한 본질'에 있다는 것입니다. 독자들이 재미있는 현상의 감각에 빠져있는 소비문화시대에는 '지루한 본질'을 재미로 여기는 창작자들만이 소비자이며, 시간이 지나서 살아남은 '지루한 본질'은 고전이라는 타이틀로 일회적인 현상의 문화에게 복수한다고 말입니다.

서정학 시인도 이 시를 다루며『문학마당』「서정학이 읽은 이 계절의 시—'삼류' 혹은 '지루한 본질'이 읽은 일류」라는 계간평에서 다음과 같이 썼습니다. 제 시가 필자의 마음을 찌른다면서 속죄를 한다고 말이지요. 초판 발행밖에 못했지만 첫 시집, 두 번째 시집에서 비애를 팔아먹은 죄,

종이의 순결을 범한 죄를 속죄한다고요. 플라톤과 아리스토텔레스, 에즈라 파운드와 엘리어트, 윌리엄 블레이크와 보들레르의 시집을 옆구리에 끼고 다니며 그 난해함을 이해하려 얼마나 머리를 혹사했던지, 비유와 이미지, 상징, 신화, 여백의 미학에 빠져 산 날들과 팔아먹은 비애가 얼마나 많은지를 고백한다고요. 그리고 제 시가 예리하게 지적하는 것은 우리 시단의 풍토이며, 치부를 드러내고 꼬집는 것은 잘못된 관행에 대한 인식의 보편화를 통해 개선하고 극복해 나가자는 의도라고요. 이러한 성찰의 목소리마저 없다면 시의 앞길은 더욱 막막하기만 할 것이라고 덧붙이고 있습니다.

그렇습니다. 저는 아마도 우리 시인들이 자성하려는 태도를 견지하자고 함성을 내지르고 있었던 모양입니다.

Si vis vitam, para mortem. 삶을 원하거든 죽음을 준비하라.

모든 인간은 반드시 죽는다는 보편적인 진리에 대해 우리 모두는 공정함을 느낍니다. 그것은 아마도 인생의 긴 여정 동안 인간이 가지는 유일한 평등이기 때문일 것이겠지요. 프로이드는 말합니다. 죽음에 대한 태도는 우리의 삶에 강한 영향을 미치는데, 생존이라는 도박에서 가장 큰 밑천은 생명 그 자체이므로 이 생명이 내기에 걸려 있지 않으면 삶은 빈곤해지고 무기력해진다고요. 따라서 죽음을 따로 떼어놓고 사는 삶을 생각하는 경향은 많은 것을 단념시키고 배제하는 결과를 낳는다고 말이지요.

죽음에 대한 태도를 적극적으로 갖추기 위해 사람들이 죽음을 미리 앞당겨 경험할 수 있으려면 두 가지의 조건이 선행되어야 합니다. 하나는 자신이 살아있어야 한다는 것이고, 다른 하나는 죽음이 타자의 죽음이어야 한다는 것입니다. 사람들은 살아가면서 직간접적으로 수많은 다른 사람들의 죽음을 경험하지만 정작 자신의 죽음은 아쉽게도 예기치 않는 순간에 단 한 번만 경험하게 되고, 그 죽음조차도 스스로는 제대로 경험할 수 없기 때문입니다. 죽음이 임박한 순간에는 이미 자신의 모든 육체적 기능이 정지해 버리기 때문에 죽음을 자신의 내부로부터 일일이 경험한다는 것은 불가능해 보입니다. 그래서 비트겐슈타인은 죽음 직전에 인생이 끝나버리는 까닭에 죽음은 자기 인생의 사건이 아니라고 했겠지요.

얇고 낡은 햇살이 그나마 눈머는 정오

열두 살, 밥은 아랫목에 묻어두었고 찌개는 곤로 위에 있다. 엄마는 사소한 문장을 남기고, 된장찌개가 고이 숨긴 적적한 온기마저 지우는 눈발 속으로 혼잣말하는 활엽수처럼 사라져갔다. 발자국도 없이 한 줌 흰 새로 날아갔다.

함께 심었던 대추나무 위로 수십 번의 분노가 봄마다 붉은 비를 뿌렸고, 수백 번 달들이 복면을 한 채 후회하고 체념하는 사이, 수천 번 목 쉰 바람 가루들이 고였다가 흩어져 내렸다. 수만 번 딸꾹질하는 먹구름이 한숨을 몰아갔다.

—「엄마라는 호명의 바깥」 부분

오랜 주머니를 뒤집자

동전들이 수북 떨어진다

폐품처럼 까마득 잊고 있던 쩽그렁 소리들

사이로 바람결 따라 먼지들도 소복 흩어진다

새 옷만 챙겨 집 떠나 상경한 잘난 식구들

어둠 밖 그림자에 목메어 부르다 잠든 시간은

얼마나 뒤지지 못한 부스럭거림이었던가

애들이 보구 싶구나, 성 베드로 노인요양원 어귀 끝에서

흐린 안부는 불어오다 골목에 막혔고

잔혹한 먹구름은 대문 앞에서 함부로 헝클어졌으며

몇 번의 정전과 몇 번의 수해가 지나간 후

천주교 공원묘지에 어머니를 맡기고 나자

고향이라 불리던 기억에는 식은 노래 깃발이 꽂혀지고

우리는 서울시 금호동사무소에서 주소 이전 등록을 하

고 있었다

어머니는 그 후로도 여러 번, 전전하던

이삿짐에 묶여 있기도 하였다

시답지 않은 가난한 짐 꾸러미 곁에서

시든 분재로 누워계실 적, 햇살을 부어드리는 사이

창밖 페인트칠 떨어진 낯선 노인요양원에도 봄은 찾아와

눅진한 목련이 다투어 피는 것을 주방 창으로 내다보며

애야, 얼굴 맞대고 밥 먹는 힘으로 사는 거란다, 니들
과 같이

청국장 끓여서 먹던 밥때가 그립구나

밥을 지어 매번 세끼 꼬박 먹으며

꼭꼭 씹어 먹으며 그 힘으로

그 치매 어머니 지겹던 말로부터

멀리 멀리로 달아나곤 하였다

주머니를 뒤진다

철 지난 코트의 어둠에서

쓸모없는 십 원짜리 녹슨 과거들이

어머니, 어머니, 둥근 알을 슬며

쏟아져 나온다

―「10원 동전」 전문

시 「엄마라는 호명의 바깥」과 「10원 동전」은 소천하신 엄
마를 두고 쓴 시입니다. 저의 엄마는 '엄마'라는 단어를 아직
저에게서 거두어가지 않으시고는 2017년 11월 2일, 온 세
상이 붉은 단풍으로 달아오르던 화사한 날, 마지막 숨만 거
두어가셨습니다. 관절염으로 걷기가 불편해지시고, 식욕
을 잃어 죽 한 수저조차 드시기 힘겨워하던 가을, 성모병원
에 입원을 하셨습니다. 중환자실을 오르내리며 두 달 여 고
투의 기간이 지나 폐렴이 덮치며 숨 쉬기도 어려워지던 때,
산소호흡기를 스스로 빼시고 죽음 속으로 들어서셨습니다.

소개해 드린 시 두 편은 가상의 시입니다. 「엄마라는 호명의 바깥」은 사별로 가장 큰 고통을 전가할 엄마라는 존재의 죽음을 예상해 본 것이고, 「10원 동전」은 세상의 나이든 엄마들의 처소를 염려하며 쓴 시입니다. 몸의 모든 기관들이 고장 나고, 신음과 투정과 불만만 늘고, 더 나아가 치매라도 발현되면 가족들은 모두 그런 상황을 거부하고 싶겠지요. 그런 엄마로부터 멀리 도망하고 싶겠지요. 나 몰라라 외면하고 싶겠지요. 그런 이해 가능하나 고약한 상황과 심경을 제 시 속에서 구성해 본 것입니다. 노인들의 처연한 처지와 그들을 돌봐야 할 의무의 가족들이 겪는 막중한 고충을 함께 대비해 보고 싶었습니다.

「10원 동전」을 두고 조해옥 평론가는 『시인시각』 계간평 「환상과 망각의 시적 비유」에서, 세상에서 가장 사랑했던 사람에 관한 기억을 의식적으로 망각하거나 은폐시킴으로써 그 사람이 외로움 속으로 밀려가도록 만든 자신을 자책하는 화자가 등장한다고 해석합니다. 시에서 '오랜 주머니'는 어머니에 관한 기억을 봉인한 망각의 매개이어서 '오랜 주머니'에 집어 넣은 채 잊고 있다가 어느 날 문득 그 주머니를 열게 되고, 화자가 주머니를 뒤지는 행동은 과거의 어머니를 기억 속에서 다시 불러내고 싶은 무의식이라고 설명하고요. 어머니에 관한 안타까운 기억은 시간이 흐른 만큼 녹슨 동전처럼 오래된 주머니에서 쏟아져 나오고, 외로움 속에 홀로 녹슬어 갔을 어머니, 폐품처럼 낡아갔을 어머니를 자신의 망각에서 끌어내는 화자의 심정이 아픔으로 생생하다고 적었더군요.

　활용 용도가 사라져 외면당하고 마는 녹슨 10원 동전 같은 존재, 나이가 들고 인지성 장애마저 생기자 가족 구성원으로서의 자격권이 박탈되고, 아무런 소용이 없어 가족으로부터 무시당하거나 버림받고 마는 어머니를 통해 이 시는 가족이 무엇인지도 짚어보고 싶었던 것입니다. 어느 날 갑자기 벌레로 변해버리자 경제적 주축이던 그레고르 잠자가 가족으로부터 철저히 소외되는 카프카의 『변신』처럼 비생산적 객체로서 근육이 다 빠지고 주름투성이의 흉측한 모습이 돼버린 치매 노인도 결국은 벌레로의 변신이 아닐까요.

　엄마는 저 숱한 주름을 펴서/ 몸을 한껏 늘려/ 집터를 잡기 시작했다

　5% 포도당 링거 긴 호스가 투명한 화강암으로 빛나고/ 쉴 새 없이 공급되는 단단한 산소 튜브가 대리석 기둥의 위용을 뽐낼 때/ 코 식도 위로 연결되는 유동식 투여 삽관이 이에 가세,/ 기둥들이 수려한 자태로 집의 틀을 제대로 잡아주었다

　흉관술로 폐를 뚫은 비닐 팩에는/ 고혹한 핏물들이 어려 장밋빛 창문이 되고/ 난해한 장식으로 얼룩무늬 진 욕창들은/ 이태 본 적 없는 추상적인 명화의 프레스코 벽으로 우뚝 섰다/ 24시간 내내 꺼질 줄 모르는 연명에의 열망이 지

나친/ 눈부신 형광등이 지붕으로 얹히자/ 대소변을 받아내
는 제반 하수구 공사까지 말끔히 끝내고

　　호시탐탐 이차 폐렴균이 그녀의 다른 폐를 도둑질할까,/
맥박이며 산소포화도 등 바이탈 사인을 초 단위로 탐지하
는/ CCTV 모니터까지 장착한,/ 완전 스마트한 최신식 집

　　보라, 폐렴 3기로 넘어가는 96세 이형금 씨의/ 보다 아
름다운 벌레의 집을!

—「번데기 집」 전문

　　아홉 시 오십 분 대전발 기차야,/ 수원 도착은 열한 시 반
일 게다, 갈게./ 엄마의 소금 절인 김장 배추 같은 목소리/
전화 끊고// 딸과 금정역으로 마중 나갔어요/ 외할머니는
엄마의 엄마야, 딸은/ 봄빛이 계란프라이 노른자처럼 윤기
나게 풀리는/ 햇살로 뛰어가고, 총총히 열리는 역사 광장/
유년의 들깨 숲처럼 매콤하게 펼쳐지는/ 지하철역 계단 숨
차게 오르며// 엄마, 보리순 뽑아 불던 바람 소리로/ 불러보
았지요 …(중략)… 칠십하고도 여섯 해를 묵힌/ 내리사랑의
보따리를 받아 들며// 뭐예요? 왜 이렇게 무거워?/ 김치다,
너랑 황 서방 오이소박이/ 좋아하잖니, 너딜 아버지가 자전
거 타고/ 문창동 시장꺼정 가서 장 봐 온 거다/ 밤새 씻고 절
이고 담아낸 거다// 지하철 역사 담장 밑으로 입 다물고/ 틈
없이 빼곡 들어찬 봄 햇살을 뚫으며/ 뚫을 수 없는 엄마의

세월을/ 양손에 들었지요// 김치를 담가다 주고 싶어 대전
에서/ 수원까지 수원에서 금정역까지/ 금정역에서 산본까
지 딸의 어느/ 쓸쓸한 마음 한 잎 빈틈까지/ 샅샅이 찾아 스
며드는// 겨우내 친정집 지하실/ 장독에서 꽝꽝 익어갔을/
황석어 젓갈 엄마의 향내를 들고// 섞일 수 없는 황톳빛 주
름살 손에/ 들려진 푸른 봄 순 같은 딸의 손을/ 보며 갑니다
— 「20년 전, 엄마의 그 봄」 부분

「번데기 집」은 제가 오롯이 겪었던 실제적 상황입니다.
기품있게 삶을 영위해 오신 엄마가 온갖 병원에서 제공되는
최신 의료 시설에 감금된 채 죽음과 정면으로 마주한 입원
실의 풍경입니다. 엄마의 얼굴과 몸은 사라지고 5% 포도당
링거 긴 호스와 산소 튜브와 코 식도 위로 연결되는 유동식
투여 삽관과 흉관술로 폐를 뚫은 비닐 팩과 대소변을 받아
내는 장비까지, 그렇게 해괴하게 변신한 엄마의 모습을 보
니 아프고 슬프고 또 뭐라 말할 수 없는 애상과 적요가 저를
훑고 지나갔습니다.
　세상이 저와 적대적이 되고 그냥 분노가 치솟았습니다.
철저히 외로움을 견디는 두 여인이 병실에 썰렁하게 버려
져 있었습니다. 아니 내동댕이쳐져 있었습니다. 병실 창밖
으로 낙엽이 지고 추석 달이 뜨고 찬바람이 주렁주렁 열렸
습니다. 저는 아버지의 죽음 이후 또 한 번의 지난한 죽음
을 치러내야 할 준비에 들어섰음을 예감해야 했지요. 하지
만 엄마는 20년 전에는 김치를 담가다 주고 싶어 대전에서

수원까지, 수원에서 금정역까지, 다시 금정역에서 제가 사는 산본까지, 기차와 지하철을 갈아타고 딸의 어느 쓸쓸한 마음 한 잎 빈틈까지 샅샅이 찾아 스며드는, 겨우내 친정집 지하실 장독에서 꽝꽝 익어갔을 황석어 젓갈 같은 강인한 존재였습니다.

엄마, 라는 단어만으로도 가슴 벅찼습니다. 엄마가 제 뒤 배경에 있는 한. 세상은 저를 한시도 가볍게 여기지 못했으며, 그 누구도 저를 무시하거나 경멸할 수 없었습니다. 그야말로 엄마는 든든한 버팀목이었습니다. 저를 지탱한 우주 나무였습니다. 그런 엄마가 어느 날, 홀연히, 정말 거짓말처럼 이 세상에서 사라졌습니다. 엄마가 그려낸 몸의 곡선이 지구에서 말끔히 지워졌습니다. 끔찍한 고독과 해찰이 엄습했음은 물론입니다. 저는 엄마의 죽음을 통해 더 많은 죽음들을 기억하기 시작하였습니다.

내가 죽인 아이는// 푸른 눈썹을 지닌 어린 다시마// 출렁이는 파도의 한 줌 별빛// 야윈 섬 무구한 발자국// 그 그 그 몇십 번째 신음 소리

엄마,/ (소리, 기다리래요)/ (소리, 물이 입술까지 차올라요)/ (소리, 숨쉬기가 힘들어요)/ (소리, 죽을 거 같아요)/ (소리, 사랑해요)

십 년 이십 년 후, 내가 낳은 아이는// 너희들이 끝내 이

르지 못한/ 제주도의 4월// 마음 놓고 숨 쉬는/ 유채꽃들이 널린 한라산 기슭// 어둠이 걷힌 햇살로 뛰노는/ 하얀 조랑말

—「맹골수도」 전문

아이가 우는데, 봄이다. 가늘게 질기게 나약하게 초라하게 애절하게 슬피 자꾸 울고 있는데, 봄이다. 혈액암이 네 친구니? 병동 가로등 불이 구구단으로 켜지는 저녁 일곱 시, 무균 항암실 간호사가 붙든 팔뚝에서 제법 커다란 벚꽃나무가 피고 피어나고 점점이 핏빛 꽃그늘을 네 잎씩 아홉 잎씩 뭉텅 떨구어 내는데, 아픈 유령이 잔기침으로 일어나서, 같이 울어줄까? 미안하지만 우는 방식이 기억이 안 나, 눈물이 터진 내장만 꺼내 볼래?

죽음도 네 친구니? 가장 나중에 아이를 부르는데, 봄이다.

벚꽃나무가 피었던 지문만 환하게 얼룩져 있는데,

아이가 누웠던 자리가 텅 비어있는데,

아직도 봄이다.

—「뻐꾸기시계」 전문

「맹골수도」는 2014년 4월 16일, 세월호를 타고 제주도로

수학여행을 가던 다수의 단원고 학생들이 침몰된 장소로서 대한민국에 사는 우리 모두의 유배지가 된 상황을 아프게 기록한 시입니다. 「뻐꾸기시계」는 혈액암으로 투병하다 죽은 지인의 어린 딸아이를 기억하기 위해 쓴 시입니다. 사망 소식을 듣던 4월, 지천에 봄꽃들이 화들짝 피어나고 있었는데, 집에서 우는 뻐꾸기시계 소리가 얼마나 명징하던지요. 뻐꾹, 뻐꾹, 청아하게 노래하는 그 소리가 얼마나 텅 빈 허무이던지요. 그 아이들이 죽음을 맞는 그 순간, 꿈을 향한 성취의 탑을 쌓아보지도 못한 채로 자신의 죽음을 이해하고 그 죽음을 온몸으로 받아들이면서 그렇게, 공허하도록 맑게, 뻐꾸기시계처럼 마음속으로 울었을까요.

죽음을 어떻게 하면 내면화할 수 있을까요. 죽음의 날개 뼈들을 만지작거리며 죽음의 머리끝에서 발끝까지 감각적으로 핥고 맛보고 느끼고 만질 수는 없는 것일까요. 살아있는 동안 내 인생에 죽음이 충분히, 그리고 완전히 개입할 수 있도록 저는 죽음을 맞은 사람들의 목록을 열심히 들여다봅니다. 기원전부터 글을 쓰고, 사유하고, 고민하고, 고통받고, 희열과 좌절을 동시에 체험하며……, 전쟁 속에서 사랑의 깃발을 부여잡고, 예술과 고투하여 탐미한 흔적들을 읽습니다. 운명이라는 배경에 신음하면서, 신에게 구원을 외치면서 죽을 때까지 쓰지 않고는 배기지 못한 어둠과 온 생애 내내 자신만의 미학으로 옮기지 않고는 살지 못한 시간을 기억해 냅니다.

그들은 이미 죽었으므로 그들 삶의 기억을 재편성해 내는 것은 오로지 살아있는 저의 작업이겠지요. 이 오만하고도 흉측하고 자유로운 상상적 작업은, 그들은 이미 죽은 자들이고, 그들은 나에게 저항이나 반박을 할 수 없다는, 끝내는 저에게 주먹조차 휘두를 수 없다는 침묵의 영역에서 가능합니다. 그들은 제가 어떤 방식으로 편집하는지 모른 채, 더구나 그들의 죽음에 대한 일련의 작업을 원하지 않는다고 하여도, 저는 중단할 수 없습니다. 저는 나름대로 이런 맹렬한 죽음들의 기억법이 죽은 이들에 대한 예의라는 생각을 떨칠 수 없으니까요.

저는 시집이건, 소설책이건, 평론서건, 화보집이건, 악보 책이건 제일 먼저 작가의 출생한 년도와 작고한 년도를 확인합니다. 아리스토텔레스(BC384~BC322), 예수(BC4~AD30), 부르노(1548~1600), 부르하베(1608~1738), 생 시몽(1760~1825), 슈베르트(1797년~1828), 고골(1809~1852), 카루소(1873~1921), 릴케(1875~1926), 프리다 칼로(1907~1954), 김소월(1902~1934), 이상(1910~1937), 윤동주(1917~1945), 김수영(1921~1968), 기형도(1960~1989), 최인호(1945~2013), 이들이 언제 태어나고 언제 이 세상을 하직하였는지를 확인하고, 그들이 남긴 문장들과 업적과 작품을 통해 그들을 재구성해 내기 시작합니다.

요즘 저는 한용운을 기립니다. 에밀리 브론테를 연민합니다. 니체를 다시 고민합니다. 저는 반 고흐와 산책하고, 박인환과 식사합니다. 윌리엄 언솔드와 대화하고 키에르케고르에게 타전합니다. 버스 정류장에서 길 건너편에 서있는 오장환에게 손을 들고, 백야를 등진 도스토옙스키에게 편지를 씁니다. 보부아르의 거실을 드나들고, 벤야민과 커피를 마십니다. 고정희와 등반하고, 존 레논과 팔씨름을 하고, 고트프리트 벤의 진료실 앞에서 기다립니다.

저는 제 시를 통해 그들 삶의 한 갈피를 '계승'합니다. 그들의 죽음을 찬란한 명예로 잇고, 탄식을 새로운 서사로 환치하며, 그들의 '부재/재존재'를 제 시에 영감으로 작동시킵니다. 그들의 죽음과 죽음 이후는 제 시에 당당히 진입해 들어와, 망각의 순환을 물리치는 에포스의 질서로 자리 잡습니다. 이렇게 요즘 저는 제 삶에, 제 시에 뜨겁게 입 맞추는 중입니다.